Le petit livre de Joshua

MARJOLAINE CARON

Le petit livre de Joshua

Éditions Marjolaine Caron

ISBN : 978-2-9807446-4-8

Dépôt légal : Bibliothèque nationale du Québec, 2004
                Bibliothèque nationale du Canada, 2004

Graphisme et infographie : Christian Morency
Impression : Imprimeries Transcontinental

Éditeur : Éditions Marjolaine Caron
Site internet : www.marjolainecaron.com
Courriel : caronm@abacom.com

Distribution :
Pour informations contactez l'éditeur à caronm@abacom.com

Imprimé au Canada

À toutes les âmes en voie de guérison

REMERCIEMENTS

Cet ouvrage se trouve entre vos mains grâce à tous ces gens formidables qui m'ont entourée et inspirée, tout au long de cette aventure !

Je remercie toutes les personnes, et je ne saurais les nommer toutes, car elles sont si nombreuses, qui m'ont confié leur grand chagrin, suite à la perte d'un être cher, ainsi que toutes les âmes défuntes qui ont utilisé mon canal pour déposer un baume sur leurs âmes endeuillées. J'ai eu le privilège d'assister à des retrouvailles et des guérisons merveilleuses entre le ciel et la terre, en servant de pont pour nous relier tous.

Je remercie Sylvie Petitpas, Alain Rioux, Éric Brown, Diane Pelletier, Hélène Éthier, Rock Guertin, Suzanne Richer, Ghyslain Richer et Michelle Véronneau pour m'avoir enveloppée de leur amitié et de leurs soins thérapeutiques, au cours de l'*initiation* qui m'a propulsée vers la réalisation de ce livre. Si je peux dire « mission accomplie », c'est en grande partie grâce à leur compassion, leur soutien et leur amour.

Je remercie mon amie de longue date, Diane Boivin, pour son enthousiasme et son encouragement dès la première ébauche du manuscrit et pour croire aux miracles, avec moi. Merci à mon frère Guy, qui est une immense source d'inspiration pour moi.

France Gauthier et Hélène Drainville, un merci spécial pour m'avoir dit si souvent : « On a besoin de ce nouveau livre…, dépêche-toi. » Merci, Claire Lamarche, pour l'élan !

Je rends hommage à mes fils Charles-André et Alexandre pour m'avoir apprit à aimer sans condition. Merci pour la confiance que vous m'avez manifestée tout au long de l'écriture de ce premier roman. De tout coeur, j'espère vous ouvrir chaque jour le chemin qui vous mènera à la réalisation de vos rêves les plus chers.

Je vous aime tous, tant.
MARJOLAINE CARON

PREMIER CYCLE

La Manifestation

1

La rencontre

Ce soir-là, la lampe reprenait sa place dans le coin du salon. Quelques aiguilles du sapin sur le plancher témoignaient de ce début orageux de l'année 1975. Le cœur de Mathilde était lourd, et la tension n'avait cessé de monter dans la pièce. Son mari, assis devant son poste de télé, agitait le pied comme s'il battait la mesure d'une valse à mille temps. Il n'écoutait rien de ce que racontait l'annonceur des nouvelles. Ses sourcils froncés et ses lèvres pincées annonçaient immanquablement l'explosion !

Mathilde attendait ce moment, comme on attend une mauvaise nouvelle libératrice – comme le mourant à qui l'on va enfin oser dire : « Nous ne pouvons plus rien faire, c'est terminé, vous allez mourir ». Implacable…, et libérateur à la fois. Une porte se ferme, une autre s'ouvre. La fin des souffrances est annoncée.

C'est ainsi que Mathilde se sentait, recroquevillée dans le coin du canapé, le souffle court, mâchouillant l'intérieur de sa joue..., elle attendait qu'il ose.

Il ouvrit enfin la bouche, sans la regarder. Elle le surveillait depuis déjà un bon moment. Intuitivement elle avait déjà capté, entendu chaque mot. Un soupir, une grande inspiration et voilà, l'ultimatum était tombé sur la table.

« Mathilde, dit Jacques, je n'en peux plus. C'est lui ou c'est moi ! Il part ou je te quitte, je m'en vais. Cet enfant me fait mourir. Il prend toute la place ; il m'énerve, je ne veux plus le voir dans cette maison. Tu as compris, Mathilde ? As-tu bien compris ? »

Elle ne dit rien. Les larmes qui lui montaient aux yeux n'étaient pas les mêmes larmes que voyait Jacques. C'étaient des larmes de joie. Mathilde allait enfin se libérer de cet homme, dont elle ne pouvait plus supporter le moindre baiser, le moindre regard, ni subir les crises de jalousie, les abus et le manque de respect. Elle ne serait plus écrasée entre l'arbre et l'écorce. Mathilde allait enfin pouvoir vivre sa vie et être là, entièrement pour elle-même et pour Joshua, vivre libre !

Elle n'osait prononcer un seul mot, de peur que sa joie ne déchire son masque de tristesse.

« Mathilde, tu as entendu ? Réponds-moi..., c'est facile pourtant ! Tu n'as qu'à choisir entre ton mari ou un gamin que tu as ramassé dans un parc. Non, mais parle ! Je commence à m'énerver... », et soudain, il s'écria... « *Accouche, Mathilde !* »

Il l'avait dit..., *accouche, Mathilde...* Quelle invitation merveilleuse. La porte était grande ouverte. Mathilde accoucha !

« Je choisis que tu partes, que tu t'en ailles. Je ne t'ai jamais aimé, Jacques. J'ai cherché une sécurité dans ce mariage, je ne l'ai pas trouvé. Sans amour, il ne peut y avoir de sécurité. Va ta route, laisse-moi vivre ma vie. Je m'occuperai de Joshua. Je m'occuperai enfin de moi. J'espère seulement qu'ils ne m'enlèveront pas la garde de cet enfant, vu que nous serons séparés. Je me battrai pour lui, je me battrai jusqu'au bout. Ta présence nuit à sa guérison. Ce n'est pas une vie, ni pour toi, ni pour moi, ni pour lui. Va-t-en, Jacques, tu seras plus heureux ailleurs et avec une femme qui t'aimera. Moi, je ne peux rien t'offrir. Rien. »

Jacques avait soudainement cessé de battre la mesure. Les sourcils maintenant levés sous son mince toupet, bouche bée, il était sidéré, terrorisé.

Mathilde s'était retrouvée allongée sur le canapé, complètement épuisée et bercée d'un sentiment de paix et de soulagement. Elle se dit : *Ça doit être ça, renaître.*

Jacques avait peine à respirer. Il se ressaisit un moment et murmura:

« Ben voyons, Mathilde, tu peux pas être sérieuse. Es-tu en train de…

— Non, Jacques, je ne suis pas en train de devenir folle. Ne reviens plus sur cette question. Mon choix est fait. C'est irrévocable. Demain, nous prendrons les mesures nécessaires et, d'ici la fin du mois, je souhaite que tout soit terminé. Je suis désolée. »

Elle se leva, ouvrit la porte du vestibule, y décrocha son manteau, enfila ses bottes, releva son capuchon et, d'un geste ample et grave, elle ouvrit la porte et sortit bravement. Son premier pas vers sa nouvelle vie venait d'être franchi.

Courageusement et dignement, du haut de ses vingt-six ans, Mathilde s'était dit : *Oui !*

Elle se dirigea vers le parc où elle avait vu Joshua pour la première fois, en ce magnifique dimanche du 15 septembre 1974. Elle se rassit sur le même banc, laissant défiler dans sa mémoire ce moment terrible, et heureux à la fois, de leur rencontre.

En un éclair, son esprit transforma les flocons de neige en feuilles multicolores. Elle se revoyait, vêtue de son jeans et de sa veste beige par-dessus son pull noir. À partir de ce moment, elle revécut l'heure dramatique et magique, qui les avait réunis.

Ce matin-là, le soleil accompagnait le vent pour faire danser les feuilles. C'était son anniversaire, et Mathilde avait pris congé de Jacques et de son humeur plutôt exécrable des lendemains de veille. Un dimanche qui s'annonçait tout à fait comme les autres. Jacques avait sans doute oublié son anniversaire une fois de plus. Mathilde ne s'en offusquait point. N'ayant jamais vu son père porter quelque attention que ce soit à sa mère dans les occasions spéciales, ce scénario lui était très familier et la laissait indifférente. Elle avait choisi de prendre avec elle ce livre qu'elle aimait tant relire lorsqu'elle éprouvait un sentiment de vide intérieur, *Le prophète* de Khalil Gibran.

À peine avait-elle tourné la première page du chapitre, où le villageois demande : « Maître, parle-nous des enfants… », que son regard se leva sur ce petit garçon au loin. Il avançait vers elle d'un pas qui n'appartenait pas à la démarche d'un enfant. Des pas trop longs et trop lents. Un regard dans le vide, des épaules rabattues. À mesure qu'il approchait, elle pouvait distinguer ses traits étirés, son teint pâle. Elle percevait un léger murmure, un son sourd et aigu à la fois, comme un gémissement de l'âme. Ses grands yeux noirs baignaient dans une mer de larmes, qui restaient accrochées à ses longs cils. Ses lèvres enflées tremblaient un peu et ses mains pendaient, rouges de sang, grandes ouvertes.

Mathilde déposa son livre pour accourir vers l'enfant. Intuitivement, elle se dit..., *doucement, approche-le doucement..., il est en état de choc.* Se penchant un peu et allongeant le pas, Mathilde tendait la main à ce petit garçon en transe, qui passa tout droit, sans la remarquer. Elle le suivit, le devança et se mit à genoux sur son chemin, ouvrant grands les bras, pour dresser un barrage. Il lui fonça en plein dans la poitrine. Puis, laissant tomber sa tête sur son épaule, il s'évanouit.

Mathilde le retint et voulut chercher de l'aide. Elle criait : « Appelez une ambulance quelqu'un, vite, dépêchez..., cet enfant est blessé ! »

Un homme lui apporta son poncho de laine, qu'il étendit par terre pour y déposer l'enfant. Les mains ensanglantées étaient un premier point de repère pour chercher l'origine de la blessure. Mais ils n'y trouvèrent que du sang. Pas d'entaille, pas de déchirure, aucune plaie. Mathilde vérifia s'il avait de la fièvre. La température de son corps était plus froide que chaude. Son pouls était faible. Ses paupières, agitées.

Ils essayaient de le réanimer lorsque les ambulanciers arrivèrent en courant, la civière prête à l'amener. Mathilde monta aussi dans l'ambulance. À ce moment précis, assise près de lui, caressant ses cheveux luisants, couleur de charbon, Mathilde entendit sa petite voix intérieure lui dire : « *Jamais plus, tu ne pourras quitter cet enfant*».

À la salle d'urgence, on demanda à Mathilde d'enregistrer le petit.

«Votre nom, madame ?

– Mathilde Simard. Je ne suis pas la mère de l'enfant, s'empressa-t-elle d'ajouter. Je ne le connais pas. Je l'ai trouvé dans cet état, dans le parc, je ne sais pas ce qui lui est arrivé. On n'a pu trouver aucune marque de blessure sur son corps.

– Merci, madame. Venez avec nous, le médecin aura sûrement des questions à vous poser.»

Mathilde se surprit à lui emboîter le pas, comme s'il s'agissait de son petit frère ou même de son fils.

Le médecin de garde était dans la quarantaine avancée. Un homme compatissant et calme. Le bambin avait repris ses esprits lors de la course à la salle d'urgence. Arrivé à la salle d'examen, il avait vomi, après quoi il s'était mis à trembler de tous ses membres. Il avait froid. La peur le secouait. Il ne devait pas se rendormir. Il fallait qu'il se rappelle, qu'il puisse émettre un son, dire son nom, d'où il venait, raconter ce qui s'était passé.

Les premiers symptômes indiquaient au médecin qu'il devait s'agir d'un trauma sévère. L'enfant n'avait subi aucune blessure physique, mais un choc émotionnel majeur. Mais quoi ? Impossible de tirer un seul mot de sa bouche. Ses yeux ahuris cherchaient un point de repère, un visage connu, une voix familière. Tout ce chaos, autour de lui, l'engloutissait davantage dans un univers affreusement inconnu.

Mathilde était restée en retrait des infirmières et du médecin. Elle entendait tout ce qui se disait, son cœur battait à tout rompre. Elle aurait tant voulu s'avancer et leur dire :

« Laissez-moi seule avec lui, je sais qu'il a besoin de moi. »

Comme lui, elle se sentait incapable de prononcer la moindre parole. Curieusement, au moment même où cette pensée traversait son esprit, le médecin se tourna vers elle et lui dit d'une voix douce :

« Venez, approchez-vous. Vous avez été son premier contact, il a besoin de vous.

– Je..., je ne..., je ne sais pas s'il me reconnaîtra !

– Avancez, venez, approchez-le doucement..., nous n'avons rien à perdre. »

Mathilde s'avança sur la pointe des pieds, comme pour s'approcher du berceau d'un enfant qui a le sommeil léger. Comme pour ne pas réveiller la blessure en lui. Mathilde craignait d'aviver sa mémoire, de le sortir de l'amnésie.

Le médecin lui céda sa place avec bienveillance, comme il le faisait chaque fois qu'il rendait à la mère le bébé qui venait de naître entre ses mains.

Le cœur de Mathilde se resserrait à chaque pas, à chaque geste qu'elle posait vers cet ange sans lumière, presque sans vie. Il avait fermé les yeux, pour oublier tous ces visages inconnus. Mathilde se pencha sur lui, comme elle s'était penchée sur sa maman pour lui dire adieu quelques minutes avant qu'elle ne meure.

Mais, cette fois, elle se penchait sur l'ange pour lui souhaiter bienvenue, pour lui dire que, quoiqu'il ait vécu, quoiqu'il arrive, elle serait là pour lui. Son souffle effleura sa joue et se dirigea doucement vers son oreille. Personne ne put entendre les trois mots que Mathilde glissa dans le cœur du gamin.

« *Je suis là…* », lui murmura-t-elle.

Il ouvrit les yeux lentement. Sans tourner la tête, il plongea son regard droit dans les yeux de Mathilde. Il la fixa un long moment. Une à une, comme de grosses perles de pluie, les larmes se mirent à couler, ruisselant jusque dans son cou, là où la main de Mathilde s'était posée, pour les recevoir et arrêter l'hémorragie du chagrin.

« Dors maintenant, mon ange…, lui murmura-t-elle, je reste avec toi. »

Et il sombra dans un profond sommeil, épuisé par tout ce qu'il avait vécu et que personne, à l'hôpital, ne connaissait encore.

Le médecin ordonna qu'on mette le petit sous surveillance, pendant qu'il allait rejoindre les policiers déjà sur place. L'enfant était recherché. La tragédie qui avait frappé cet enfant était horrible. Mathilde ne put écouter jusqu'au bout le récit du plus jeune des deux policiers. Elle dut se précipiter à la salle des toilettes.

Le policier raconta que des voisins avaient alerté la police, aux petites heures du matin, pour signaler une dispute qui avait duré une partie de la nuit, dans la demeure du garçon.

« Lorsque nous sommes arrivés sur les lieux de la tragédie, expliqua le policier, il n'y avait ni bruit, ni cri…, il n'y avait qu'un léger gémissement, celui de l'enfant. Nous avons retrouvé la mère étendue sur le dos, sur le plancher de la cuisine, à travers les éclats de verre des bouteilles cassées. Elle avait la gorge tranchée, et le petit bonhomme était agenouillé près d'elle, essayant de ses petites mains trem-blantes d'arrêter l'hémorragie. D'après les voisins, il s'agirait d'une affaire de drogue. Nous avons une bonne description du suspect, qui est connu dans le quartier. C'est justement en interrogeant les voisins que nous avons eu un bref moment d'inattention, et que l'enfant s'est enfui.

— Et son père ?

— Le petit s'appelle Joshua Brown. Il porte le nom de la mère. Il est né de père inconnu. À part sa mère, il n'a aucune famille. Nous n'en savons pas plus pour l'instant.

— Nous devrons le confier au Centre des Services Sociaux, qui se chargera de lui trouver un foyer d'accueil, après sa convalescence, reprit l'autre policier. Vous aurez la visite des travailleurs sociaux qui seront chargés de son dossier dès demain. »

Le docteur Vincent les remercia, et s'empressa de retrou-ver Mathilde, que les infirmières avaient fait allonger. Il l'exa-mina et lui fit part des informations reçues au sujet de Joshua et du sort qui était réservé à l'enfant. Mathilde ne trouvait plus la force de prononcer un seul mot. Le médecin lui pres-crit un calmant. Elle se dit que ni le médecin, ni personne d'autre, ne pouvait se douter du choc qu'elle avait vécu, non seulement en découvrant Joshua dans cet état, mais surtout lors de la rencontre avec l'âme du petit. Mathilde savait que Joshua l'avait aussi reconnue.

C'est vers dix-neuf heures qu'elle entra chez elle. Son manteau taché de sang, les yeux bouffis, elle était perdue dans ses pensées. Mathilde n'avait pas eu le réflexe de télé-phoner à Jacques pour l'avertir de ce qui s'était passé depuis le début de la journée.

Elle le retrouva complètement paniqué. Elle n'était pas revenue, ni pour lui préparer à dîner, ni à souper. Elle n'avait pas téléphoné non plus. À voir son manteau taché de sang, il fut surpris, plutôt qu'inquiet. Pas un moment, il ne s'était inquiété de ce qui pouvait être arrivé à Mathilde. Son esprit, tourmenté par la jalousie, lui avait fait visiter toutes les chambres de motels de la ville, bien avant de penser un seul instant qu'elle aurait pu être étendue sur un lit d'hôpital.

Il était presque en colère qu'elle porte sur son manteau une preuve vivante de l'histoire qu'elle lui racontait. Pas un geste de compassion, ni de réconfort. Mathilde n'avait pas dépensé beaucoup d'énergie à lui raconter le drame de Joshua. Juste les grandes lignes. Elle savait Jacques capable de jalousie pour l'attention qu'elle pouvait porter à un chien. Inutile de tenter de lui faire ressentir ce qu'elle avait vécu.

Les justifications faites, elle le laissa sur le seul commentaire qu'il réussit à émettre :

« Ouais…, toute une histoire ! Y en a qui sont sautés, pas à peu près. Qu'est-ce qu'on mange… ? »

Sans répondre, sans même se retourner, elle s'enferma dans la salle de bains, laissant tomber par terre son manteau, marqué du sang d'une mère délivrée du malheur de sa vie, le sang qui continuait de couler dans les veines du petit Joshua.

Mathilde se laissa glisser dans un bain chaud, espérant y puiser la force et le courage d'annoncer à Jacques son désir de prendre Joshua sous son aile.

Le lendemain, Mathilde feignit de rentrer au travail. De l'hôpital, elle téléphona au bureau, expliquant à son patron, Mᵉ Faucher, qu'elle devait voir son médecin pour un examen post-traumatique. Brièvement, elle lui raconta son aventure de la veille. Louis Faucher l'écouta attentivement. Il était plus qu'un patron pour Mathilde. Il était le seul homme, d'ailleurs, de qui elle eût jamais reçu autant de compassion.

« Je serai là cet après-midi, Maître, sans faute…, merci !

– Prends tout ton temps, Mathilde. Et pourquoi ne restes-tu pas chez toi, cet après-midi. Tu as vécu beaucoup d'émotions depuis hier, tu pourrais te reposer et en profiter pour voir clair dans tout ce qui t'arrive.»

Un souvenir lui monta à l'esprit… Il se revoyait en train de lui dicter un plaidoyer. Mathilde, la tête inclinée, les larmes pianotant à travers les lignes de sa tablette de sténo, pour dissoudre l'encre et brouiller partout le texte. Il lui tendait un papier mouchoir et la pauvre demeurait penchée sur sa feuille tachée de nuages de larmes bleus, sans broncher, couverte de honte.

Louis, connaissant le bon cœur et la sensibilité de sa secrétaire, ne questionnait pas. Il se transformait en médecin, en psychologue, en ami, en père, selon ce dont Mathilde avait besoin.

« Tiens, mouche-toi ! disait-il, doucement… Si tu veux me parler, je suis là… »

Ces trois derniers mots résonnaient en elle comme l'annonce d'une résurrection. Comme si un père était réapparu dans sa vie. Mathilde n'avait eu pour père qu'un homme souffrant, qui ignorait l'existence du mot tendresse et du verbe aimer. Son enfance était parée du triste souvenir d'une mère malade et dépressive et d'un père violent et renfermé. D'une victime et d'un bourreau. Du plus loin qu'elle pouvait se rappeler, Mathilde avait été une grande fille raisonnable, qui s'était donné le mandat de « sauver » ses parents.

« Je m'excuse, maître Faucher, je n'ai pas très bien dormi ! Continuez, je suis correct, là ! »

Cette jeune femme, si loin de son enfance, avait le don du sourire ! Elle transformait en un tournemain ses larmes en lumière, et personne ne pouvait se douter de la densité de la boule qui lui nouait la gorge.

Mais l'avocat ne continuait pas... Il connaissait le masque de Mathilde. C'est à ce moment stratégique qu'il déposait sa plume et qu'il enlevait ses lunettes. Il joignait le bout de ses doigts, pour former un toit, qu'il posait délicatement sous le menton. Patiemment, il attendait jusqu'à ce que Mathilde ait le courage de lever les yeux. Le clin d'œil magique déclenchait à tout coup les sanglots.

« C'est dur, hein, ma belle fille ? Laisse aller toute cette grande peine-là. »

Un jour, il avait osé lui poser une question qui l'obligerait à réfléchir :

« Mathilde, est-ce que tu vas vivre toute ta vie comme ça, sans tendresse ? »

Cette question avait déclenché en elle tellement de peurs et de chagrin qu'elle n'avait pu y répondre que deux ans plus tard. En ce soir de janvier où elle s'était enfin dit : *Non, je ne vivrai pas toute ma vie sans amour et sans tendresse. Et oui, je veux que tu partes, Jacques !*

Louis avait raison. Elle avait besoin de cette journée entière avec elle-même, pour récupérer et se faire des forces. Les jours à venir ne seraient pas faciles. Mathilde devait réfléchir à une stratégie pour amener Jacques à accepter de prendre Joshua en foyer d'accueil.

« Bon, eh bien, j'accepte ce jour de congé, patron, je n'ai pas vraiment la tête au travail aujourd'hui. Mais je serai au bureau à huit heures demain matin, et vous verrez, je serai toute là, et je rattraperai ma journée d'aujourd'hui. Merci, merci, merci, cher patron en or ! »

Louis souriait à l'autre bout de fil. Il entendait la même Mathilde qu'il avait engagée huit ans plus tôt. Elle sortait de l'Institut de secrétariat, elle avait dix-huit ans. Il avait été impressionné par sa polyvalence, son initiative, son dévouement, mais, surtout, Louis était fasciné par son charisme.

La première fois qu'il avait entendu la « symphonie pour nuages de larmes bleus » de Mathilde, c'était sept mois après l'avoir engagée. Saisi par sa propre sensibilité, Louis s'était retrouvé bouche bée. Ni le mouchoir, ni le clin d'œil ne lui avait traversé l'esprit. Il s'était gauchement entendu dire :

«Mais, Mathilde, qu'est-ce qui se passe ? Es-tu malade ? Veux-tu rentrer chez toi ? »

Et la jeune femme s'était mise à sangloter, le visage enfoui entre ses si belles mains ; elle ne pouvait plus s'arrêter. L'avocat ne put que déposer la mise en demeure qu'il avait commencé à lui dicter, et lui dire :

« Quand tu te sentiras capable de parler, je suis là…, je t'écoute. »

Lorsque Mathilde réussit enfin à se calmer, elle releva la tête. Son visage était aussi barbouillé que sa page de sténo.

« Ma maman a un cancer. Ils ont dit qu'elle va mourir, c'est sûr ! »

Et elle repartit de plus belle ; cette fois elle s'était effondrée sur le bureau de son patron.

Louis ne connaissait ni la maladie, ni la mort. Ses parents, dans la cinquantaine avancée, jouissaient d'une bonne santé physique et mentale. Son père était un homme simple et bon. Il avait travaillé dur toute sa vie pour offrir à ses trois enfants une instruction à la hauteur de leurs capacités, mais surtout de leurs rêves. Henri était fier de son fils aîné.

Sa mère était enseignante. Une femme très belle. Les amis de Louis lui avouèrent d'ailleurs, un jour, qu'ils étaient sous l'emprise du charme irrésistible de sa mère. Le fils aîné était fier de sa mère.

Les mots fracassants de Mathilde vinrent toucher Louis droit au cœur. Il n'avait jamais fréquenté cette pensée : « Ma mère va mourir ». D'ailleurs, la mort était un sujet complètement tabou dans sa famille. Louis avait appris qu'il *fallait* être heureux dans la vie et, plus encore, qu'il *fallait* toujours afficher une bonne humeur, beau temps, mauvais temps. Il avait hérité de son père le sens de la compassion. Sa mère, nageant dans l'idée du bonheur à tout prix, ne s'épanchait pas facilement sur le malheur et la tristesse des autres.

Mais voilà qu'à cet instant précis, Louis se retrouvait soudainement devant la beauté de Mathilde, dévastée par la souffrance terrible de voir sa mère mourir. Il était ébloui par sa force et son courage, à travers sa vulnérabilité.

Lentement, il se leva, enleva son veston, dénoua sa cravate, et prit Mathilde par les coudes en les repliant sur elle, comme pour ne pas lui casser les ailes. Il la souleva et la tint tendrement dans ses bras, sans la serrer. Louis se sentit comme un géant, tenant au creux de sa main un petit oiseau blessé.

2

Mathilde

Ayant grandi au sein d'une famille dysfonctionnelle, Mathilde avait appris le jeu de la persuasion. Elle avait compris comment obtenir ce qu'elle voulait de ses parents manipulateurs, à la fois vulnérables et dépendants. À défaut d'amour et d'affection, Mathilde avait développé l'art d'arriver à ses fins.

Son mari étant immanquablement le portrait des parents qu'elle avait eus, Mathilde savait bien quelle carte jouer pour l'amener à accepter de prendre Joshua, en tant que famille d'accueil. Elle joua donc la carte de l'insécurité financière de Jacques. C'est par l'attrait du chèque mensuel qu'elle arriva à le convaincre qu'il serait intéressant pour eux de prendre l'enfant sous leur toit. Il accepta, mais il ne fallut que quatre mois pour que Jacques n'en puisse plus.

Quelques jours après l'éclatement inévitable, Mathilde se retrouva face à face avec son mari, pour discuter des règlements. Le Centre des Services Sociaux avait accordé à Mathilde et Jacques la garde de l'enfant, vu la maturité de la jeune femme et la stabilité financière de leur couple. Jacques, plus âgé qu'elle de huit ans, faisait bonne figure. Un travailleur stable, un revenu décent, un dossier de crédit acceptable. Maintenant, qu'allait-il advenir pour Mathilde et Joshua, si Jacques partait ?

À sa grande surprise, il s'en alla deux semaines après la discussion finale. Sans harcèlement ni altercation. Et à sa plus grande surprise encore, Mathilde découvrit qu'il avait déjà une autre femme dans sa vie ! Au-delà de ses espérances, cette séparation se déroula comme un charme. *Se pourrait-il, se dit-elle, que, plus nous écoutons notre cœur, plus nous respectons nos élans, et plus les choses se font naturellement et facilement ?*

Allégée de tous ces fardeaux, Mathilde se retrouvait maintenant seule avec Joshua. Le petit était rentré chez elle à la fin du mois de septembre. Son traumatisme était loin d'être guéri. Joshua avait des comportements imprévisibles et des silences inquiétants.

Une nouvelle vie s'annonçait pour Mathilde et Joshua. Une porte s'ouvrait sur une avenue inconnue. Un chemin de guérison qui allait leur demander amour et confiance.

Comment Mathilde allait-elle pouvoir subvenir aux besoins de cet enfant et aux siens, avec un seul revenu ? Comment allait-elle pouvoir répondre aux besoins affectifs et émotionnels d'un enfant aussi hypothéqué ? Comment cette jeune femme pouvait-elle, à travers les blessures de cet enfant, guérir les siennes ? Elle savait qu'elle devait s'entourer de gens qui pourraient lui offrir un soutien psychologique. Et il y avait Louis, son patron, qui savait l'écouter et l'encourager.

Joshua commençait à peine à s'ouvrir. C'est-à-dire à répondre oui ou non à ses questions.

« Comment s'est passée ta journée à l'école, aujourd'hui, Joshua ?

– Bien !

– Est-ce que tu t'es fait de nouveaux amis ?

– Non.

– Est-ce que tu aimes ton professeur ?

– …(un haussement d'épaules, une moue d'indifférence)

– Dis-moi, Joshua…, est-ce que tu te sens bien ici, avec moi ?

– Oui, très… »

Elle n'avait pas encore osé lui parler de la tragédie. Joshua était suivi par une psychologue. Le soir où Mathilde avait mis fin à sa relation avec Jacques, Joshua était en consultation chez la thérapeute. Elle était allée le prendre à neuf heures. Il l'avait trouvée différente, plus légère.

De retour dans la voiture, Mathilde lui avait annoncé que Jacques allait partir dans quelques semaines.

« Pour de bon ? lui avait-il demandé spontanément.

– Pour de bon, mon ange… »

L'enfant avait retenu sa joie, de peur de blesser Mathilde. Sur son visage candide se dessinait un soleil.

Leur nouvel espace avait maintenant besoin d'être apprivoisé. Mathilde se sentait souvent maladroite. L'hypersensibilité de Joshua l'intimidait. Tranquillement, elle apprit à le rejoindre par une approche légère, teintée d'humour.

Le soir du départ de Jacques, elle avait bordé Joshua, comme elle le faisait chaque soir. Après lui avoir lu un passage du *Petit Prince*, Joshua lui avait dit spontanément :

« Bonne nuit, ma rose. »

Mathilde, sidérée, cherchait ses mots.

« Bonne nuit, mon petit prince… », lui dit-elle.

Elle n'osa plus ajouter un mot, de peur de briser la magie. Joshua s'était livré, en quelque sorte. Il venait de lui ouvrir la porte de son cœur déchiré. Mathilde ne voulait pas entrer trop précipitamment. Elle avait donc choisi de simplement laisser la porte entrouverte.

Tremblante de joie et de peur à la fois, Mathilde se glissa sous les couvertures et fit une prière : « Mon Dieu, si quelque part tu existes, donne-moi les mots, la force et l'amour pour apprivoiser ce petit ange. Donne-moi le courage et l'humilité de recevoir ton aide. Merci, mon Dieu. »

Épuisée, elle s'endormit. Son réveille-matin affichait 3:12, lorsqu'elle se réveilla dans la nuit, ressentant une présence. Depuis la mort de sa mère, Mathilde n'avait reçu aucun signe, aucune manifestation qui puisse l'encourager à croire en une vie après la mort. Elle ne s'était jamais vraiment arrêtée à se demander si sa mère existait encore quelque part, dans un autre monde, tellement l'urgence de survivre était omniprésente. Elle ne s'était même jamais donné le droit à cet espoir, de peur de découvrir que rien n'existe après.

Pourtant, cette nuit-là, cette présence invisible était presque palpable. Elle se demanda si elle n'était pas en train de fabuler, ou si ce n'était pas la fatigue de cette journée turbulente qui l'avait mise dans un tel état. Sa respiration se faisait de plus en plus courte. Elle tenta de se convaincre que cette présence n'était qu'imaginaire. Elle se retourna sur le ventre, ramassant fermement son oreiller et elle se dit : *Bon, c'est assez, Mathilde, tes folies, dors maintenant !*

Aussitôt, une voix se fit entendre. Une voix douce et calme. Une voix qu'elle ne connaissait pas.

« Mathilde, c'est moi… N'aie pas peur. Je suis avec toi. Je suis venue te dire merci et te soutenir. Tout simplement, Mathilde, je suis avec toi. »

Mathilde se boucha les oreilles. Elle ne voulait pas entendre cette voix inconnue. Sa peur de la folie paralysait son corps et son esprit. Mais, en dépit de ses oreilles bouchées, la voix persistait :

« Mathilde, écoute-moi. Je suis venue t'aider à redonner une vie à Joshua. Je suis sa maman. »

« Non, dit-elle en elle-même. Ce n'est pas possible. Je n'ai pas besoin de toi. Joshua est assez perturbé par la tragédie de ta mort et par ton absence. Va-t'en…, je n'ai pas besoin de toi, et lui non plus. Sors d'ici maintenant ! »

Mathilde retira prudemment ses mains de ses oreilles, écouta attentivement… Rien, plus rien. À l'instar de son mari, la présence était repartie sans faire d'histoires.

Le lendemain, Mathilde se réveilla, sceptique face à sa propre expérience. *J'ai dû rêver, c'est ça, c'est un rêve. Sûrement ma peur que quelqu'un vienne chercher Joshua, qu'on me l'enlève. C'est sûrement ça !* Pour calmer son angoisse, elle décida de confier à son journal cette expérience dérangeante. En ouvrant ce cahier dans lequel elle se confiait depuis plusieurs années, elle tomba sur ce qu'elle avait écrit quelque huit ans plus tôt :

Mardi, le 8 mars 1966.

Cher journal,

La nuit dernière, ma mère est morte. Je n'étais pas avec elle, j'étais venue me reposer un peu, mon père la veillait. Mais je n'ai pas dormi de la nuit. Je savais que c'était la fin. Le cœur me fait mal. Je me sens paralysée à l'idée que je ne la reverrai plus jamais. J'ai mal au ventre. Je ne sais pas si je dois la pleurer. Je suis contente pour elle, elle souffrait beaucoup. Ma mère disait souvent qu'elle avait hâte de se voir dans sa tombe. Elle doit être contente. Il est 3 h 10 de l'après-midi et ils sont en train de la préparer pour la mettre dans sa tombe. Je sais qu'elle va être belle; elle était fière, ma mère. Elle va être libérée de nous, ses sept enfants, et de mon père qui l'a tant fait souffrir. Elle doit être bien. Mais moi, j'ai mal au cœur et au ventre. Moi, je n'ai pas hâte de la voir dans sa tombe. Je ne sais pas si j'aurais pu faire quelque chose de plus pour elle, pour qu'elle soit heureuse avec nous, pour qu'elle ne meure pas. Je ne sais pas quoi faire, ni quoi dire. Cher journal, au fond, je n'ai rien à te dire, sauf que ma mère est morte.

En relisant ces lignes, Mathilde se revoyait, tout comme Joshua précédemment, paralysée et terrorisée. Huit ans plus tard, Mathilde reprenait contact avec la blessure profonde de ses dix-huit ans. Tout se bousculait dans sa tête. Durant cette année 1966, elle avait vu partir sa mère, puis elle terminait ses études, entrait sur le marché du travail, quittait le nid familial, sa ville natale… En quatre mois, la vie de cette jeune fille avait basculé, son monde s'était écroulé ! Croyant qu'elle ouvrait son journal pour se confier, elle se rendit compte que la jeune fille en elle appelait à l'aide. La jeune Mathilde voulait dire à la grande Mathilde : « Ne me quitte pas ». Soudain, en refaisant le calcul des huit années qui s'étaient écoulées depuis ce 8 mars 1966, le lien dans son esprit se fit comme un éclair. Joshua, huit ans. Il était né le 23 avril 1966. Avant de fermer son journal, elle écrivit :

Le 28 janvier 1975.

Je mourais à l'intérieur et, toi, tu naissais à l'extérieur, mon petit Joshua. C'est sûrement ce jour-là que Dieu t'a dit : « Allez, l'ange, on descend dans un corps et on va à la rencontre de Mathilde. » Pauvre Joshua, tu n'aurais pas dû écouter Dieu, tu vois tout le mal que tu t'es donné pour arriver jusqu'ici. Tu aurais pu m'attendre au Ciel. Dieu est parfois trop exigeant, il aurait pu venir me chercher, plutôt que de te faire descendre ici.

Ma mère disait souvent : « Si le Bon Dieu peut venir me chercher ! » Et tu vois, sa prière a été exaucée. Crois-tu que ta mère voulait que Dieu vienne la chercher ? Ah non ! je ne veux pas penser à ta mère..., je vais encore m'imaginer qu'elle me parle. Ma mère, elle, n'est jamais venue me voir après sa mort. C'est parce qu'elle n'existe plus pour moi.

Elle était si contente de partir, pourquoi viendrait-elle me dire qu'elle est là pour moi. Elle fait bien..., mais elle me manque tant !

Je ferai tout pour amener le ciel jusqu'à nous, maintenant que tu es là, Joshua. Je t'aime...

Mathilde xxxxx

En refermant son journal, elle se sentit prise d'un vertige intérieur. Comme si, soudainement, elle prenait conscience de l'énorme responsabilité qu'elle s'était mise sur les épaules. Elle pleura silencieusement, comme sa mère le faisait si souvent. Son cœur, allégé, l'invita à plonger dans un profond sommeil.

Le lendemain, elle retrouva un petit Joshua radieux. Pour la première fois, elle pouvait lire de la joie dans ses yeux, et sa voix était animée.

«J'ai faim, Mathilde ! Est-ce que je peux avoir un gros bol de céréales, s'il te plaît ?

– Bien sûr, mon ange. Tu es en forme ce matin, tu as bien dormi ?

– J'ai fait un beau voyage, cette nuit. Je suis allé voir ma maman ! »

Mathilde laissa tomber le pot de lait. Elle ne bougeait plus. Elle fixait Joshua en attendant la suite. Et le lait continuait de se répandre partout, sur les tuiles du plancher.

« Mathilde, qu'est-ce que tu fais ? Regarde, le lait coule partout, tu as fait un gros dégât, Mathilde ! » s'écria-t-il en riant.

Elle se ressaisit pour éponger le lait renversé en feignant de rire avec lui. Elle lui servit son bol de céréales, et s'assit avec précaution, pour l'inciter à lui raconter son voyage nocturne.

« Alors, tu as rêvé à ta maman, Joshua ? dit-elle d'une voix étouffée.

– Non, je n'ai pas rêvé à ma mère, elle est venue me chercher et elle m'a amené voir son Ciel.

– Est-ce qu'elle t'a parlé aussi ?

– Oh oui ! Elle m'a raconté son voyage, elle m'a montré sa gorge, elle n'a même pas une cicatrice. Elle est toute guérie… Elle m'a dit que je serais très heureux avec toi, et elle m'a demandé de te dire merci de prendre soin de moi, et qu'elle viendrait t'aider. Elle était si belle, plus belle même que je l'ai jamais vue. Elle portait une jolie robe bleu ciel et son visage était tout illuminé.

– Est-ce qu'elle t'a demandé d'aller rester là-haut avec elle ?

– Non, pas du tout. Elle m'a demandé de lui promettre de vivre ma vie de petit garçon, et de toujours me rappeler que j'avais ma maman au paradis qui veillait sur moi. »

Les larmes glissaient sur les joues de Mathilde sans qu'elle s'en rendît compte, tellement elle était secouée par le discours de l'ange. L'ambivalence qui l'habitait lui nouait la gorge, elle ne trouvait pas les mots pour exprimer la peur et à la fois la paix qu'elle ressentait. Une paix pour Joshua, une grande peur pour elle.

Dès le premier jour, Mathilde sut qu'il s'agissait d'une rencontre d'âmes avec Joshua. Maintenant, elle sentait que des mémoires anciennes se réveillaient en elle. Sa peur de le perdre, son besoin de le protéger et cet amour si grand qu'elle avait ressenti au tout premier contact lui rappelaient subtilement leur rendez-vous.

Ses grands yeux verts noyés de larmes regardaient cet enfant merveilleux d'une autre façon…, non plus avec un sens de responsabilité, mais avec l'appréhension d'un plan plus vaste. À ce moment précis, Mathilde avait envie de le prendre dans ses bras, de le tenir sur elle, d'embrasser sa tête et de lui redire : « Je suis là, mon ange, je suis là. » Quelque chose la retenait. Une peur d'être repoussée d'un enfant qui venait de retrouver sa maman au paradis. Une maman lumineuse, sans peur, sans fatigue, sans chagrin. Une maman parfaitement bien…, non pas une femme humaine, comme elle, paralysée par ses angoisses, son manque de confiance et d'amour.

Elle essuya ses larmes et ramassa nerveusement la table, en rappelant à Joshua que les voyages au paradis, c'était bien beau, mais qu'ils allaient être en retard. Elle le ramena un peu brusquement sur terre, en lui faisant comprendre que la vie se déroulait ici-bas, et qu'elle ne pourrait jamais remplacer sa maman, mais qu'elle ferait tout pour qu'il ne manque de rien. Son discours était froid. La compétition était trop forte pour Mathilde. Sa peur qu'il lui échappe, ou qu'il soit hanté par le fantôme de sa mère, devenait insupportable.

Son parcours de vie avait donné à Mathilde beaucoup de maturité pour son âge. Mais tout de même, parfois, elle se sentait dépassée par les événements. Un point de repère, un regard masculin sur la situation lui manquait. Ce matin-là, vers onze heures, elle entra dans le bureau de Louis.

« Excusez-moi, patron…, j'aurais besoin de vous parler ! Est-ce que…

— Je suis en train de rédiger un plaidoyer, Mathilde ; en ce moment, je ne suis pas disponible, mais si tu veux bien, nous pourrons dîner ensemble. Ça te va ?

— Ah oui ! c'est parfait ! Faites-moi signe lorsque vous serez prêt. Merci, patron, merci beaucoup. »

Il lui rendit son assentiment par un clin d'œil, son expression familière de réconfort et de compréhension.

Attablés à leur petit restaurant italien préféré, Mathilde et Louis faisaient leur choix de menu, tandis que les rôles de patron/secrétaire se transformaient en rôles de confidents/amis.

« Alors, belle Mathilde, dis-moi, comment ça se passe avec Joshua ?

– C'est justement de lui dont je voulais vous parler. Il se passe des choses étranges. Je ne suis plus trop certaine de pouvoir endosser le rôle de mère pour lui. C'est quelque chose, vous savez ! »

Et elle lui raconta la visite de Laurie. Louis l'écouta attentivement, sans porter de jugement. Il avait cette capacité d'écouter sans diriger. Sa tendance cartésienne et rationnelle lui demandait tout de même un effort d'ouverture d'esprit en saisissant les propos de sa secrétaire. Mais sa bonté avait toujours le dessus sur sa raison.

Mathilde enchaîna d'un trait en lui racontant le voyage nocturne de Joshua au paradis de sa maman.

Lorsqu'elle eut terminé, Louis demeura silencieux. Les sourcils relevés, il prit une grande respiration, et une longue gorgée de vin.

« Ouais, c'est pas rien, ce que tu me racontes là, Mathilde. Je sors moi-même des sentiers battus, je te dirais. Tu me parles de choses, d'un monde qui m'est tout à fait inconnu. Tu sais, Mathilde, la vie jusqu'ici m'a épargné la perte d'êtres chers. Je t'écoute, et il me semble que c'est plutôt toi qui pourrais m'en apprendre. Je suis ému et un peu déconcerté à la fois. Mais, si j'écoute mon cœur, j'ai envie de te dire que je crois qu'une force au-delà du visible et de la raison veut se faire entendre pour toi et pour le petit. S'agit-il du fruit de votre imagination ? Peut-être…, mais il me semble que c'est trop facile comme conclusion. Alors, plutôt que de te donner une réponse, je vais te poser une question. Comment te sens-tu face à ces manifestations ?

— Mais je ne sais pas trop, Louis… Oh ! pardon, patron !

— Non, je t'en prie, Mathilde. Ce midi, nous ne sommes pas en relation de travail, nous sommes assis ici entre amis et, d'ailleurs, Louis, c'est bien mon prénom, non ?

— Eh bien, Louis, je ne sais pas trop…, c'est une voix nouvelle pour moi, qui se fait entendre. Là où je me sens un peu perdue, c'est de savoir si je dois encourager Joshua à croire à ces messages ? J'ai peur de perdre ma place auprès de lui, de donner à Laurie un pouvoir, par sa présence, qui pourrait lui nuire plutôt que de l'aider à faire son deuil. Suis-je assez grande, assez forte pour trouver ma place à ses côtés, tout en laissant sa mère être vivante en esprit ?

— Tu sais, Mathilde, Joshua n'aura eu qu'une mère dans cette vie. Comme toi, chère enfant. Ton rôle n'est sûrement pas de remplacer sa mère, mais bien de lui donner tout l'amour que tu peux. Souviens-toi toujours que cet enfant est né d'une mère souffrante, qui lui a donné le meilleur d'elle-même. Tu sais ce que c'est d'avoir une mère souffrante. Ce petit garçon aura grandi tant bien que mal à ses côtés. Et la tragédie qui l'a emportée est aussi inscrite dans sa mémoire. Alors, je crois que, pour lui, d'avoir un signe de vie de sa mère libérée, sans cicatrice, dans la lumière, peut lui donner des ailes. En plus, imagine, elle vient te remercier, deux fois plutôt qu'une, d'être là pour lui. Je ne peux pas voir ce qui pourrait te nuire, ou lui nuire, par ce clin d'œil de l'au-delà.

— Je vais être franche, Louis. Je suis un peu jalouse. Jalouse de n'avoir jamais reçu une telle manifestation de ma mère et, en plus, jalouse de la relation que Laurie tente maintenant d'entretenir avec son fils.

– Je comprends. Bon, je dis que je comprends mais, au fond, comment peut-on comprendre quelque chose que l'on n'a jamais vécu. »

Les pâtes étaient servies, elles commençaient même à refroidir. Un temps d'arrêt s'imposait de toute façon, car l'intensité de la conversation se faisait lourde. Louis versa un peu de vin dans le verre de Mathilde et remplit le sien. Ils se souhaitèrent bon appétit et commencèrent à manger. Mathilde se sentit soudainement fébrile. De toute sa vie, elle n'avait pu se confier aussi ouvertement à un homme, ni à son père, ni à son mari, ni à ses amis. Songeuse, elle se demanda combien de temps Louis allait être là pour elle. Et si elle le perdait, lui aussi ? Un sentiment effroyable la traversa…, et si, un jour, il perdait confiance en elle, en sa capacité de gérer toutes ses responsabilités ? Louis capta immédiatement l'inconfort de sa petite protégée.

« Tu sais, j'ai beaucoup d'admiration pour toi, pour ton courage et ta grande générosité. Je sais que tu y arriveras, et même davantage. Je crois fermement qu'à travers la guérison de Joshua, tu opéreras une grande guérison en toi. Ce petit homme n'est pas arrivé sur ton chemin par hasard, Mathilde. Moi, bien que très loin de ces grandes épreuves, je suis convaincu que Joshua et toi aviez rendez-vous sur cette terre. J'oserais même te dire que c'est peut-être la façon que ta maman a choisie pour venir te redonner confiance en toi, en ta capacité de venir en aide à l'enfant que tu es, à travers Joshua. Tu m'arrêtes si tu veux, je vais peut-être trop loin. Mais, bref, je vois une forme de complicité entre vos deux mamans de l'autre côté. Qu'est-ce que tu en penses ?

— Peut-être, Louis. Mais, en même temps, je me sens si petite et si impuissante devant tous ces phénomènes. Parfois, je me demande si je ne suis pas en train de "perdre la boule". J'ai vingt-six ans ; ma mère est décédée, j'en avais dix-huit, et jamais je ne me suis arrêtée à savoir si elle vivait encore quelque part pour moi. Ça me fait tout drôle d'être en contact avec ces vibrations, avec ce monde invisible et si mystérieux. J'ai toujours cherché à garder un certain équilibre dans ma vie, surtout depuis la mort de maman. Mon père, je ne l'ai plus revu par la suite. Je lui en veux encore, j'ai toujours pensé qu'il avait fait mourir ma mère. Tout ce que je vis avec Joshua depuis quatre mois me fait revivre tout ce passé que j'avais cru enterré. Si tu savais, Louis, comme je ne veux pas perdre les pédales. Je sens qu'il faut absolument que je sois une femme mature, équilibrée, et en possession de tous mes moyens pour arriver à offrir à Joshua un milieu familial adéquat et harmonieux.

— Mathilde, je pense que tu t'en demandes trop. Essaie simplement de vivre, un jour à la fois, avec cet ange que le ciel t'envoie, une relation qui pourra vous amener tous les deux, comme un petit frère et une grande sœur, vers une vie meilleure. Tout ce que tu fais par amour ne peut qu'être bon. Alors, écoute ton cœur. »

Il fit une pause. Mathilde terminait lentement ses pâtes, tout en assimilant les propos de Louis remplis de compassion et d'amour. Elle lui sourit. C'était sa façon de lui dire merci. Les mots n'étaient plus nécessaires. Doucement, il se pencha vers elle et lui dit:

« Parlant de cœur, Mathilde…, et ta vie amoureuse ? Est-ce que tu songes parfois à faire une place dans ta vie pour un homme qui saurait t'aimer ?

– Oh ! patron, il est 1 h 30, il faudrait penser à rentrer au bureau, n'est-ce pas ? »

Louis avait compris que sa question était prématurée. Il respecta son silence, et demanda l'addition. Mathilde reconnut une fois de plus l'ami, le confident, le thérapeute en son patron. D'un grand sourire, elle lui dit :

« Merci pour le repas, et surtout merci d'être ce que vous êtes. Je crois vraiment que, vous aussi, vous n'êtes pas sur ma route par hasard. »

Elle avait repris le ton de la relation patron/secrétaire. Dans la voiture, Mathilde eut une pensée qu'elle se reprocha : *Si, un jour, un homme se pointait dans ma vie, il faudrait vraiment qu'il ressemble à Louis.* Et elle chassa vite cette idée de son esprit. Il s'agissait, selon elle, d'une pensée à laquelle elle n'avait pas droit.

3

Joshua

C'était l'époque *Peace and Love*, de l'amour libre et de la révolution sexuelle. Laurie Brown, chanteuse d'un groupe rock américain, s'était rendue au Québec, lors d'une tournée. Ce soir-là, le pianiste malade dut être remplacé. D'urgence, Laurie fit appel à un pianiste montréalais reconnu. Après le spectacle, ils se retrouvèrent dans un bar et passèrent la nuit ensemble. C'est dans la passion, la fumée et l'amour d'un soir, que Joshua fut conçu. Laurie ne revit jamais cet homme. Lorsqu'elle apprit deux mois plus tard qu'elle était enceinte, elle se souvint de sa beauté et de son grand talent musical. Insouciante, elle se dit qu'elle voulait cet enfant, en souhaitant qu'il ressemble à son père. Laurie avait une majestueuse chevelure rousse bouclée. Ses yeux verts et ses taches de rousseur trahissaient des racines irlandaises. Son souhait avait été exaucé… Joshua aux yeux bruns, aux cheveux noirs, bouclés, et au visage ovale, était le portrait de son père.

C'est en caravane que Joshua explora les cinq premières années de sa vie. Le groupe populaire était en pleine ascension et Laurie ne voulait rien manquer. Elle l'amenait partout et, parmi son équipe, il y avait toujours quelqu'un qui était là pour prendre soin du petit. Joshua s'était formé dans le ventre de sa mère, enveloppé du son de sa magnifique voix rauque, des guitares, du piano, de l'harmonica et des percussions. Laurie était une grande artiste, remplie d'amour et de douceur. Elle adorait Joshua, elle voulait le meilleur pour lui. Ses relations avec les hommes ne furent que chaos. Sa dépendance aux drogues et à l'alcool la conduisit à sa perte. Son immense succès lui avait rapporté une fortune, qu'elle avait dilapidée au fur et à mesure. Au cours des trois dernières années de sa vie, la chanteuse s'était retirée. Elle était venue s'installer au Québec avec Joshua, pour fuir ce monde dans lequel elle se sentait exploitée et manipulée. Elle quitta le *show bizz* pour tenter de trouver au Canada une vie paisible et, peut-être, retrouver le père de son fils. Mais ses démons ne lui accordaient aucun répit. L'héroïne fut son arme fatale d'autodestruction. Cette nuit-là, elle attendait une livraison. L'homme qui se présenta à sa porte était venu lui annoncer qu'elle devrait d'abord payer sa dette avant d'obtenir une nouvelle dose. Elle avait bu. La panique s'empara d'elle, et elle se précipita sur lui, une bouteille cassée à la main. C'est au terme de cette bataille ensanglantée qu'elle trouva la mort.

Le jour où Mathilde était allée chercher Joshua à l'hôpital, le petit lui avait demandé s'il pouvait retourner chez lui pour prendre ses affaires.

« Tes affaires ont toutes été ramassées, Joshua, ne t'inquiète pas. Je t'ai fait une belle chambre chez moi. J'ai tout rangé, mais tu pourras tout placer comme tu voudras. J'ai aussi quelques belles surprises pour toi. Tu verras, tu seras bien… »

Joshua ne l'entendait plus. Son ouïe s'était bloquée dès la première phrase. *Ses affaires avaient été ramassées…*, et son « petit livre » ? Qu'avaient-ils fait de son petit livre ? Ils ne pouvaient l'avoir trouvé, il était trop bien caché. Mais ce n'était pas possible…, il ne pouvait pas être séparé de sa mère, et de son petit livre.

« Mathilde, il faut que nous passions chez moi. Il y a quelque chose de très important pour moi, je veux y aller, maintenant.

– Mais Joshua, je n'ai pas la clé pour entrer chez toi. Et ce n'est plus chez toi maintenant.

– Et mon lit ? Où est mon lit ?

– Je ne sais pas, je crois qu'il est encore dans la chambre…, mais pourquoi, Joshua, es-tu si bouleversé ? »

Il était au bord des larmes, son petit menton tremblait…

« Bien, parce que c'est *mon petit livre*… Est-ce que tu l'as vu, Mathilde ? C'est un petit livre en cuir et c'est écrit en lettres dorées : "Le petit livre de Joshua". Est-ce que tu l'as vu ?

– Non, je n'ai pas vu ce petit livre, mon ange. Mais ne t'inquiète pas, nous allons le retrouver. »

Mathilde ressentait vivement l'urgence de retrouver ce morceau de sa vie. En route pour la maison, elle fit demi-tour et retourna vers la ville. Elle se rendit au poste de police et demanda à parler au policier chargé de l'enquête. L'appartement de Laurie était encore sous surveillance. Mathilde avait été escortée par deux policiers pour récupérer les affaires de l'enfant. Elle allait demander d'y retourner pour trouver « le petit livre de Joshua ».

Les deux policiers s'étaient braqués devant l'ouverture qui menait à la cuisine, afin que Joshua ne revive pas la scène horrible. Mathilde l'entourait de son bras en le tenant près d'elle. Mais Joshua n'avait qu'une idée en tête, retrouver son petit livre. Il fonça droit vers sa chambre. Les draps et les couvertures avaient été enlevés, mais le lit y était. Il se lança à genoux par terre et glissa ses deux petites mains au-dessous du matelas. Il tâta nerveusement, trop vite peut-être, il ne sentit rien. Ses yeux se brouillèrent de larmes et sa petite voix tremblante disait tout bas :

« Ben voyons…, où est-ce qu'il est donc ? »

Mathilde s'agenouilla et lui demanda :

« Est-ce que tu veux que je t'aide, mon ange ? C'est lourd, le matelas, peut-être qu'il est plus au fond ! »

Il lui fit signe que oui, continuant minutieusement sa recherche. Mathilde souleva le petit matelas et Joshua plongea dans l'ouverture cherchant, en tous sens, cette partie de lui. Tout à coup, il entendit : « Tac ! »… Le petit livre venait de tomber par terre, à la tête du lit. Telle une petite couleuvre, Joshua se faufilait maintenant sous le lit pour récupérer son trésor. Il l'enfila vite sous son chandail, le tenant sur son cœur… Les larmes roulaient sur ses joues, et il souriait.

« O.K., Mathilde, allons-nous en d'ici ! »

Ce soir-là, Joshua avait pris son repas d'une main et, de l'autre, il tenait sans relâche son petit livre sur son ventre.

Mathilde ne lui avait plus posé de question. Elle le laissait dans l'intimité de ce trésor qu'elle reconnaissait un peu comme son journal. L'enfant était silencieux, et rassuré. Comme s'il avait retrouvé une partie de sa maman chérie, un morceau de son cœur, un écho de son esprit. L'heure du bain venu, Joshua se sentait déchiré. Mathilde le perçut et, avec une grande tendresse, lui dit :

« Hé ! petit homme, ne t'en fais pas…, il n'y aura pas de bain ce soir. Enfile ton pyjama et garde ton petit livre près de toi. Fais-moi signe, quand tu seras prêt. Je viendrai te border. Brosse tes dents et fais ton pipi, ce sera bien comme ça pour ce soir. »

Elle referma doucement la porte, laissant Joshua et Laurie ensemble dans cette énergie de vie qui vibrait intensément dans la chambre. Elle s'enfonça dans le fauteuil du salon, s'enroula dans sa couverture favorite et laissa couler quelques larmes sans pouvoir les qualifier. À ce moment précis, des mémoires se réveillaient du fin fond de sa grande histoire. Elle sentait cet instant déjà vécu avec une telle profondeur ! Comme si elle était dans le corps de Joshua et de Laurie à la fois. Ces rôles et ces acteurs, elle les connaissait, elle les savait par cœur. De l'autre côté du mur, un petit garçon était en communion avec sa maman, qu'il ne pouvait plus voir, depuis trois semaines. Et Mathilde se dit :

« *Une présence si vivante dans l'invisible… Et dire qu'il y a tant de présences si mortes autour de nous, et pourtant bien visibles.* »

Joshua, enveloppé dans son secret et ses chaudes couvertures, baignait dans un cocon vaporeux, dans un bien-être tel celui de l'espace utérin. Les yeux mi-clos, il laissait se dérouler, dans son esprit, ce souvenir fantasmagorique de ses cinq ans.

❖ ❖ ❖

C'était avant leur départ pour le Canada. Laurie avait organisé une fête pour les cinq ans de Joshua, une fête qu'il n'oublierait jamais. Dans sa merveilleuse créativité et son esprit enfantin, Laurie avait le sens de la magie. Elle savait réunir les êtres et faire éclater les surprises. Il y avait l'anniversaire de Joshua et la fête de leur départ…, ils quittaient une famille, un pays, une carrière, qu'ils laissaient derrière eux. Les amis et membres du groupe de Laurie avaient vu grandir le petit, ils l'avaient bercé, grondé, aimé…, ils avaient construit des châteaux de sable ensemble. Avec lui, ils avaient éprouvé le sens de l'amour inconditionnel.

Joshua déroulait doucement dans son esprit le film de ce jour inoubliable, n'en laissant s'échapper aucun détail, aucune émotion. C'était un dimanche. Cet après-midi-là, il avait fait une sieste. Pendant ce temps, tout le monde s'était affairé pour la fête. Laurie avait fait monter un chapiteau éclatant de couleurs vives. Tous les amis de Joshua, petits et grands, étaient réunis sous ce temple magique. Un jongleur, des clowns, un magicien, des chiens savants, des acrobates, des musiciens…, un cirque, un vrai cirque, juste pour Joshua. Des colonnes de fleurs et de ballons, des tables remplies de confiseries, de gâteaux et de fruits. Des enfants aux yeux pétillants de bonheur l'attendaient. Les petites filles portaient des couronnes de princesse, et les petits garçons, des chapeaux de chevaliers.

Lorsqu'il se réveilla, le silence dans la maison témoignait d'un jour comme les autres. Laurie feignait de nettoyer le comptoir de la cuisine et l'accueillit, dès son retour des bras de Morphée, en le soulevant tout naturellement, comme d'habitude. Il entoura sa taille de ses petites jambes et elle lui dit :

« Ouf là !…, le grand garçon de cinq ans commence à être lourd pour sa petite maman ! Bon anniversaire, mon bébé ! »

Elle le bécota partout sur les joues et dans son petit cou encore tout chaud. Ses yeux étaient remplis d'une lumière qu'il ramenait de ce monde mystérieux des rêves, d'où il revenait à peine. Et son sourire n'attendait rien… Du haut de ses cinq ans, Joshua se sentait déjà comme un petit roi, sans se douter de la fête qui l'attendait.

Le laissant bien revenir dans son corps et sur terre, Laurie le prépara à entrer dans un autre monde d'enchantement. Elle lui banda les yeux, le prit par la main, en lui expliquant qu'une surprise l'attendait. Soudainement, Joshua se sentit soulevé de terre et, du coup, déposé sur une selle. C'est à dos de poney et coiffé de sa couronne dorée, les épaules couvertes d'une magnifique cape de velours bleu royal, bordée de fourrure blanche, baguette magique à la main, que le petit roi allait faire son entrée sous le chapiteau. Arrivée devant la porte, Laurie lui dit :

« Un petit coup de baguette magique, Votre Majesté Joshua…, un, deux, trois et *pouf* !… »

Elle découvrit ses yeux pour qu'il aperçoive la magie du monde merveilleux que sa mère avait créé pour son anniversaire.

Tout flamboyait, tout reluisait au rythme des tambours et des trompettes ! Les sons, les lumières, les couleurs, les odeurs se mariaient, valsant dans une parfaite harmonie. Joshua se sentait au Paradis, au jardin des Enfants de Lumière. Les enfants clamaient, en frappant sur des tambours et en claironnant de leurs flûtes, leur joie d'être l'ami privilégié de Joshua. Laurie guidait le poney autour de l'arène, comblée du bonheur de son ange. C'était la parade de Joshua. Pour ce jour si spécial, Laurie avait choisi d'être sobre, afin de pouvoir goûter chaque moment avec son cœur d'enfant. Bien que tout petit, Joshua l'avait remarqué. C'était le plus beau cadeau qu'elle puisse lui faire. Lui laisser un souvenir clair, d'une maman qui l'aurait bordé le jour de ses cinq ans. La plupart du temps, surtout à l'occasion d'une fête, c'était Joshua qui bordait sa maman, parfois sur le canapé, parfois sur le plancher du salon ou de la cuisine.

La scène qui l'avait surtout entraîné dans ses souvenirs, ce soir-là, était celle du Magicien. Le Grand Magicien Jim, personnage incarné par le batteur du groupe, avait fait apparaître du chapeau un cadeau enveloppé de papier d'or et d'argent, qui brillait comme une étoile. C'était « Le petit livre de Joshua ». Certes, il l'avait pris pour un livre d'histoires et s'était empressé de demander à Laurie de lui en faire la lecture. Elle l'ouvrit et Joshua aperçut toutes ces pages blanches, sans image, ni écriture.

« C'est pour faire des dessins, maman ? lui avait-il demandé.

– Non, mon ange, c'est un livre d'histoires !

– Oui, mais il n'y a pas d'histoires, ni d'images…

– C'est "Le petit livre de Joshua", c'est ton histoire qui sera un jour écrite dans ce livre, mon amour.

– Et qui va l'écrire ? Je ne sais pas écrire moi, maman !

– C'est toi qui écriras cette merveilleuse histoire, tu commenceras en écrivant ton nom et chaque mot que tu sais déjà écrire. Et jour après jour, tu écriras "Le petit livre de Joshua". Regarde, moi, je t'ai écrit mon message, au tout début. Aujourd'hui tu ne peux pas le lire, je te le lirai ce soir et peut-être que tu ne comprendras pas tout ce qu'il contient, mais tout au long de ta vie, tu le reliras et, plus tu grandiras, plus tu comprendras que je serai toujours là pour toi.

– Est-ce que je peux ouvrir un autre cadeau maintenant ? » s'empressait-il d'enchaîner.

Le pauvre petit était un peu perdu dans cette histoire de son livre d'histoires, et de l'histoire de sa vie, et de sa maman qui serait toujours là pour lui. *Évidemment que sa maman serait toujours là pour lui, qu'est-ce qu'elle allait chercher là ? Parfois, pensa-t-il, ma mère, elle dit de drôles de choses…, pourtant, cette fois, elle ne sentait pas l'alcool, elle était bien normale !*

Le soir de son anniversaire, sa maman lui avait lu son message, pour l'endormir. Dès la deuxième phrase, Joshua avait littéralement décollé, emportant avec lui chaque étincelle d'amour et de joie qu'il avait goûtée tout au long de cette merveilleuse journée de ses cinq ans.

❖ ❖ ❖

Trois semaines après la mort de sa maman, Joshua se retrouvait seul avec son petit livre et le message. Lentement, il sortit de son lit, alluma la lampe, ouvrit la porte du garde-robe, monta sur un petit tabouret pour y prendre, sur la tablette du haut, sa couronne de roi. Il s'assit par terre pour lire de tout son cœur la lettre de sa maman chérie.

À mon petit Roi

Du haut de ton Étoile, tu es venu vers moi
Sur cette terre, dans ce corps, tu m'as choisie, moi, Laurie
Tu es le cadeau, le soleil de ma vie.

Tes yeux me parlent d'amour
Chaque fois qu'ils plongent dans mes yeux…
Tes petites mains, si douces et si chaudes
Apaisent mes souffrances et mon angoisse…
Je sais que tu es plus grand et plus sage que moi, petit Roi
Je t'ai reconnu dès le premier instant
Tu es l'Ange…, tu viens sur la terre pour ouvrir les cœurs
Sans le savoir, tu le fais déjà !

Tout ce que je connais, je te le donne
Ma voix, mes mots, mes bras qui te bercent
Mes blessures du passé, je t'en épargne
Puisses-tu grandir sans l'héritage de mes manques
Et de mes souffrances !

Je voudrais tant que ta vie soit une douce mélodie
Une rivière qui coule dans les rayons du soleil
Autant qu'à travers les tempêtes…, je souhaite
Qu'elle coule et coule…

Je serai toujours là pour toi, petit Roi Joshua
Jamais nous ne serons séparés, crois-moi
Même la mort n'y arrivera pas, tu le sauras
Le jour où tu reliras cette lettre de moi.

Garde ta Lumière, fils de Dieu
Garde ta lampe allumée et ne m'oublie pas
Car, moi, je ne t'oublierai jamais.

Tiens-toi droit
Ne te renie jamais pour être aimé
Tu es l'essence même de l'amour.

N'attends rien lorsque tu as donné
Tu as déjà reçu en posant le geste
N'aie pas peur dans la noirceur, je suis là
Et, si tu ne me vois pas
C'est que Dieu veut te voir avant moi.

Ne mens pas, de peur d'être abandonné
Car tu ressentiras là le plus grand des abandons
Celui de toi-même.

Suis l'élan de ton cœur, chaque fois qu'il s'élève
Comme le vent
C'est le cadeau le plus précieux de la Vie
La passion fera de toi un créateur, petit Roi.

Tu hérites de ma voix et de ma bonté de cœur
Sers-toi de ces cadeaux d'abord pour toi
Ensuite, partage avec ceux qui ont besoin de ta Lumière
Et ceux-là, ne les choisis pas…
Car ils seront envoyés vers toi.

Ne juge pas…, écoute ton cœur, et ta sagesse te guidera
Et si tu te sens perdu, surtout
Ne te juge pas, tu resteras ainsi plus près de toi et de Dieu.

Je t'aime tant que je n'ai plus peur de rien
Ni même de la mort
Depuis que tu es dans ma vie
Je veille sur toi, où que je sois.

Du haut de mon Étoile, je suis venue ce soir pour toi
Je t'ai choisi pour te faire grandir une autre fois
Une fois de plus, dans le Grand Livre de nos vies
Car nous sommes, toi et moi, petit Roi
Les Héritiers de L'Éternité.

Maman xxxxx Laurie xxxxx

Son petit cœur battait à tout rompre ; ses yeux, emplis de larmes, cherchaient d'autres mots, d'autres mémoires de Laurie. Il ne comprenait pas tout le message dans sa tête, mais l'intelligence du cœur avait capté l'essentiel…, l'amour de sa maman. Au-delà des mots, Joshua avait reçu, tout reçu au plus profond de son âme. Il recommença dès la première ligne, pour s'assurer qu'il n'avait pas sauté une seule lettre, un seul mot. Et puis, il recommença encore et encore, pour savourer son énergie, sa présence et son amour infini. Il flatta chaque page et y déposa quelques nuages de larmes bleus.

Épuisé et serein, il se glissa sous les draps et, son petit livre sous l'oreiller, il dit tout bas :

« Demain, petite maman chérie, je t'écrirai…, c'est promis. Maintenant, je vais dormir dans tes bras. Je t'aime gros comme l'Éternité. »

Le lendemain matin, à son réveil, Joshua se souvint aussitôt de la promesse faite à sa maman juste avant de s'endormir. Mais comme c'était jour de classe et qu'il n'avait pas assez de temps pour lui écrire sa précieuse lettre, il le ferait plutôt le soir venu. Ce jour-là, il était attentif à tout ce qui se passait autour de lui. Il baignait encore dans l'énergie du message de Laurie écrit dans son petit livre. Au niveau de la conscience, l'âme de Joshua était toujours connectée à ce monde céleste de l'invisible.

Joshua était un enfant très différent des autres. Il était solitaire et se retirait souvent sous un arbre avec un livre, durant les récréations. Les professeurs tentaient de l'intégrer au groupe, puisqu'ils connaissaient son histoire et savaient que l'isolement ne pouvait qu'accroître le sentiment d'être « séparé et abandonné ». Mais pour Joshua, il en était autrement. Dans la lecture, il retrouvait ses amis, ses rêves, ses connaissances. Ce jour-là, pendant le dîner à la cafétéria, il fut témoin d'une altercation entre deux petits garçons, qui commença par des échanges verbaux pour dégénérer dans les coups de pied et de poing.

Le petit roi était alors spontanément sorti de son corps. Il se voyait assis à la grande table, témoin de la scène, sans broncher. Il voyait une lumière bleue entourant son corps physique et un fil d'argent au-dessus de sa tête. Tout à coup, il sentit un courant s'installer entre lui et son corps, et il se leva doucement, marcha vers ses amis en bataille, et posa sa main sur l'épaule d'Alexandre qui gémissait de rage, à cheval sur Jérémy qui était sur le point de perdre le souffle. Il lui dit :

«Alexandre, ton grand-père te demande d'arrêter toute cette violence. Il dit qu'il t'aime beaucoup ; il sait que tu as beaucoup de peine parce qu'il est mort. Mais il veut que tu te rappelles toujours qu'on ne règle rien avec les poings... Il te dit : *"Lève-toi, Alexandre, et faites la paix maintenant"*».

Et il repartit, aussi calmement qu'il était venu ! Tout le monde était stupéfait par ce qu'ils venaient d'entendre. Alexandre, surtout, était sous le choc. Il courut derrière Joshua et l'agrippa fermement par le bras :

« Hé, lui cria-t-il, qui t'a dit que mon grand-père est mort ? Je ne l'ai dit à personne, c'est arrivé en fin de semaine dernière…, il n'y a que la maîtresse qui le sait. Est-ce qu'elle te l'a dit ?

– Non, dit Joshua…, toujours sur un ton détaché. Je ne sais pas ce que je t'ai dit, ce n'est pas moi qui parlais. C'est ton grand-père. Laisse-moi tranquille maintenant. J'ai fait ce que j'avais à faire. »

Soudainement, Joshua se trouva pris d'une grande fatigue. Il avait des tremblements à l'intérieur et il se sentait faible. Il alla aux toilettes et se mit de l'eau froide dans le cou et sur les tempes. Il but un grand verre d'eau et se rendit à l'infirmerie pour demander s'il pouvait juste s'étendre quelques minutes. L'infirmière commença à lui poser une série de questions auxquelles il ne répondit pas.

« Je ne suis pas malade, lui dit-il, je veux juste me reposer pour rentrer dans mon corps. »

Elle était sans voix. Elle ne comprenait rien à ce langage. Mais, comme pour bien des gens, les comportements de Joshua la déstabilisaient. Elle ne questionna donc plus.

« Est-ce que tu aimerais que nous téléphonions à ta mère ? lui demanda-t-elle.

– Non, non…, puisque je vous dis que je ne suis pas malade. C'est correct, ne faites pas toute une histoire, s'il vous plaît ! » lui répondit-il, impatient…

Après l'école, Joshua entra à la maison, heureux de retrouver Mathilde. Il n'avait pas l'intention de lui raconter ce qui s'était passé durant la journée. Il avait juste besoin d'être réconforté et de ne pas se faire poser de questions. Tout cela était, pour lui aussi, assez perturbant, quoiqu'il ne se sentît ni inquiet, ni fou. Un peu comme si tous ces phéno-mènes étaient des plus normaux pour lui. À la maison, tout se déroula comme d'habitude. Le souper, les devoirs, le bain, le dodo !

Mathilde savait ce qui était arrivé. La directrice de l'éco-le lui avait passé un coup de fil l'après-midi, pour tenter de comprendre elle-même ce que Joshua avait fait à la cafétéria, ce midi-là. La jeune mère adoptive lui expliqua que Joshua avait parfois des comportements imprévisibles et la rassura en lui proposant de ne pas faire tout un plat avec cette his-toire. Elle décida ensuite d'attendre avant de questionner le petit. Ce n'était pas la première fois que Joshua disait des choses qui semblaient venir d'ailleurs. Mathilde appréhen-dait ce moment où cet étrange phénomène se manifesterait à l'égard de ses amis. Elle l'avait trouvé fatigué lorsqu'elle l'avait pris à la garderie de l'école à cinq heures. Mais elle ne s'en inquiéta pas outre mesure. Le soir venu, en le bordant, elle lui demanda :

«Et comment a été ta journée aujourd'hui, mon ange ?

– Bien…, fatigante, mais correct ! Rien de spécial. »

Elle respecta alors son choix de ne pas en parler. Elle savait qu'il lui en parlerait plus tard, lorsqu'il serait prêt. Mathilde avait appris très vite à prendre son temps avec Joshua. Dès leur premier contact, elle avait capté son hyper-sensibilité. Chaque fois qu'elle avait su le laisser venir à elle, il était venu. La liberté dans laquelle l'enfant avait grandi émanait autour de lui, comme un écran, une frontière que même les enfants savaient ne pouvoir franchir.

Lorsque Mathilde fut sortie de sa chambre, Joshua ral-luma la lampe et prit sous son oreiller le petit livre. Il se coiffa de sa couronne, sélectionna une page toute neuve et sortit sa plus belle plume pour écrire :

Maman chérie,

Tu me manques beaucoup, je pense à toi chaque minute qui passe. Je sais que tu es belle encore et que tu es bien, parce que, l'autre nuit, quand je t'ai visitée, tu souriais et tu étais brillante comme le soleil. Je voudrais que tu sois là des fois parce qu'il m'arrive des choses bizarres. Est-ce que tu le sais ? Mathilde est très gentille et elle prend bien soin de moi. Tu le sais aussi ? Je t'aime, maman Laurie, je t'aime gros. Est-ce que ton ciel est chaud ? Est-ce qu'il y a de la neige des fois ? Est-ce que tu as un chien ? Tu les aimes tant…, Est-ce que tu t'ennuies de moi ? Est-ce qu'on s'ennuie au paradis ? Est-ce que tu chantes encore ? J'espère que oui.

Est-ce que je peux aller dormir maintenant, je suis très fatigué et mon crayon n'avance plus.

Bonne nuit maman Laurie, je te fais des gros câlins et des gros becs xxxxx

Joshua qui t'aime

4

Le renoncement

La vie de Mathilde était centrée, depuis qu'elle vivait avec Joshua, sur l'amour et le souci du bien-être de cet enfant. Les mois passaient sans que Mathilde ne ressente, du moins consciemment, le moindre désir de vivre autre chose sur le plan affectif. Le travail, pour lequel elle était toujours aussi dévouée, et l'éducation de Joshua semblaient combler ses besoins. Elle avait deux bonnes amies avec qui elle partageait à l'occasion un souper au restaurant, ou un verre au bistro, mais sans plus. Et il y avait cette seule présence masculine dans sa vie, son grand ami et patron, Louis.

Étant donné les circonstances du décès de Laurie, le règlement de la succession fut long. Ce n'est qu'un an et demi plus tard que Mathilde fut convoquée chez le notaire pour l'exécution testamentaire. Tout ce processus au caractère juridique inconnu l'inquiétait. Ce jour-là, Louis lui offrit de l'accompagner en soutien, ce qu'elle accepta avec un grand soulagement.

Mathilde, étant venue à bout des procédures d'adoption depuis quelque six mois, agissait donc maintenant en tant que seul parent et tuteur de Joshua. Bien que Laurie eût dilapidé une bonne partie de sa fortune, il lui restait des valeurs mobilières ainsi que les redevances de ses disques qui se vendaient plus que jamais depuis son départ. Mathilde était heureuse de savoir que Joshua ne manquerait de rien, et que l'héritage de sa mère lui permettrait de poursuivre ses études et réaliser ses plus grands rêves. Avec ses revenus limités de secrétaire et sa situation de mère monoparentale, Mathilde s'était souvent demandé comment elle pourrait arriver à répondre aux besoins grandissants de l'enfant. Elle n'avait plus maintenant à s'inquiéter.

À la sortie de chez le notaire, il était environ 5 h 30. Louis jeta un coup d'œil à sa montre, et regarda ensuite Mathilde. Il souriait. Il voyait bien, dans ses yeux, cette grande libération et la joie qui animaient sa petite protégée.

« Eh bien…, est-ce qu'on va fêter ça ? lui demanda-t-il

— On va fêter ça à condition que vous acceptiez l'invitation de votre cliente !

— Ma cliente…, eh ben, dis donc ! Ce n'est pas tous les jours que d'aussi jolies clientes m'invitent pour célébrer une cause aussi facile, chère Mathilde. Je n'ai rien eu à faire, ni conseil, ni mise en garde. Tu t'es très bien débrouillée toute seule. Je n'ai fait qu'une chose…, m'asseoir près de toi et écouter.

— Justement, cher Louis, ce n'est pas peu de choses. C'est tout ce qui compte au monde. Être auprès de quelqu'un et écouter. Je crois vraiment qu'il y a peu de gens qui ont le privilège d'avoir, dans leur vie, quelqu'un comme ça qui ne fait qu'être là et écouter. Alors, quel est le verdict ?... Suis-je condamnée à souper chez moi, toute seule devant ma chandelle en levant mon verre à Laurie, au nom de Joshua, ou suis-je honorée de votre présence pour célébrer le présent et l'avenir de cet enfant.

— Je vous honorerai volontiers, chère dame, mais à une condition…

— Laquelle ?

— À la condition que ce soir, vous me parliez un peu de vous… Le petit Roi est en sécurité maintenant…, et si on parlait de la femme, de Mathilde. »

Elle baissa les yeux ; elle savait que, lorsque Louis décidait de sonder son cœur, elle ne pouvait rien lui cacher. Les yeux sont les fenêtres de l'âme, et Mathilde le savait bien. Ils la trahiraient. Elle releva rapidement la tête, masquant son regard d'un air taquin, et lui lança à la blague :

« Ah bon ! voilà que l'avocat se transforme en psychologue, maintenant ? Bon, eh bien, c'est d'accord…, mais pas plus de trente minutes pour la séance de thérapie, ça vous va ? »

Il lui serra la main…

« Marché conclu, chère cliente…, allons-y ! »

Dans le hall de l'édifice, se trouvaient quelques téléphones publics. Mathilde en profita pour avertir la gardienne de son retour tardif, tandis que Louis cherchait au fond de sa poche la monnaie pour passer un coup de fil à Michelle, sa femme, afin de l'informer aussi de son retard.

Louis et Michelle étaient mariés depuis près de dix ans. Ils avaient deux magnifiques enfants, Julie, huit ans, et Sébastien, six ans. Son rôle de père lui tenait à cœur, même si souvent il se sentait coupable d'être aussi absent et tellement absorbé par son travail. Leur vie de couple connaissait les hauts et les bas du quotidien. Michelle était une femme réfléchie, qui se consacrait à sa famille, sans toutefois s'oublier. Elle s'affirmait et avait à cœur l'harmonie de leur relation. Louis était conscient aussi de la chance qu'il avait de vivre auprès d'une femme d'une telle sagesse et intelligence. Ils étaient tombés follement amoureux à l'université. Ils avaient travaillé très fort, tous les deux, pour mener à terme leurs études et leur mariage. Michelle avait choisi de rester à la maison auprès des enfants, jusqu'à ce qu'ils soient tous les deux à l'école. Cela ne faisait donc que quelques mois qu'elle était retournée auprès de ses jeunes patients. Son rôle de pédiatre était, pour elle, plus qu'un travail, une mission.

Mathilde choisit pour cette occasion spéciale un restaurant cinq étoiles du Vieux-Port. La meilleure table, devant le feu de foyer, les attendait. Elle se sentait comme une princesse, et Louis exprimait sa gratitude de pouvoir partager avec elle tout ce bonheur tant mérité. Au troisième service, après avoir parlé de choses et d'autres, Louis s'avança…

« Et dis-moi donc, toi maintenant, comment te sens-tu ?

– Ah ! si tu savais, Louis, je me sens tellement heureuse pour Joshua. Pour moi aussi, tu sais. C'est comme si je ne me sentais plus seule, comme si, Laurie et moi, on était ensemble, reliées de l'au-delà à ici-bas pour propulser Joshua dans la vie. Il est si brillant…, tout ce potentiel qui pourra être nourri, c'est merveilleux. Je ne veux pas te rebattre les oreilles avec ça, mais je te le redis, c'est un petit génie. Un être aux mille talents. Tu devrais l'entendre, Louis…, il a une voix qui vient du plus profond de son être. Il chante en secret, il n'a jamais voulu chanter devant moi. Les fois où j'ai pu l'entendre, c'est lorsque je suis arrivée en sourdine à la maison. Il s'enferme dans sa chambre et il chante l'*Ave Maria* de Schubert…, je te dis, je n'en reviens pas. Il fait partie de la chorale de l'école, c'est là qu'il apprend ces chants classiques. Mais tu devrais entendre sa voix, Louis, ça nous prend aux tripes, ça fait monter les larmes. »

Louis écoutait Mathilde, le cœur empli d'amour. Elle ne parlait plus, et lui non plus. Il souriait, la tête penchée, la pensée lointaine. Il se demandait d'où ils venaient tous les deux, si des vies antérieures existaient. Il se demandait aussi comment nommer les sentiments qu'il éprouvait pour Mathilde… C'était une amitié si profonde !

Mathilde perçut l'intensité de ses pensées et se sentit tout à coup rougir. Elle cherchait les mots pour fuir, pour diriger l'échange ailleurs. Louis pris sa main entre les siennes et lui dit :

« Parle-moi de toi, maintenant… Je t'ai demandé : "comment te sens-tu ?", et tu n'as cessé de me parler de Joshua. Toi, Mathilde, qu'entends-tu faire de ta vie, tes talents, ton potentiel, ta vie amoureuse ? Que sera ta vie, lorsque Joshua aura pris son envol ?

– Je ne veux pas penser au départ de Joshua. Je vivrai ce moment lorsqu'il arrivera. Pour l'instant, il est là et je suis là, et je n'ai besoin de rien d'autre.

– Tu te racontes des histoires, Mathilde. Et je respecte que tu aies besoin de dénier ce qui se passe en ce moment. Le détachement est quelque chose qui se prépare, tu sais.

C'est comme attendre un enfant. L'accouchement se prépare, l'acceptation de "donner" la vie et de couper le cordon, c'est vital pour la mère et pour l'enfant. Écoute, je vais te parler en ami et aussi au nom de Joshua. Je veux t'expliquer quelque chose de très délicat et je ne veux surtout pas te blesser, Mathilde, mais il est tellement important pour moi de te raconter ce que j'ai vécu avec ma mère et que je te vois vivre avec Joshua. Je suis l'aîné, le "grand" de ma mère. Comme toi, ma mère s'est raconté des histoires. Elle a nié ses besoins et ses manques dans la relation avec mon père. Inconsciemment, elle s'est tournée vers moi et, sans rien dire, m'a demandé d'être "l'homme de sa vie", celui qui viendrait la rendre heureuse, celui qui remplacerait l'amour et la présence de mon père. Elle m'a investi d'un mandat que je ne pouvais pas remplir, parce que j'étais trop petit et, même quand je suis devenu grand, je n'avais pas le pouvoir de remplir ce manque affectif chez ma mère. Elle m'a mis très haut sur un piédestal, j'étais son trophée, sa gloire, *son* fils, son mari. »

Mathilde, les yeux arrondis, écoutait Louis religieusement. Il continua :

« Je ne me suis jamais permis de me tromper. Je n'ai jamais réussi à voir ma femme pleurer, sans me culpabiliser, même si je n'ai rien à voir dans sa peine. Je me suis toujours demandé comment j'arriverais à la rendre heureuse. Un jour, j'ai dû aller chercher de l'aide. Je me suis dit que je n'y arriverais jamais tout seul, que je devais marcher sur mon orgueil. Je suis allé en thérapie, et je n'avais qu'une seule question…, pourquoi *je* ne suis pas heureux ? Je vais t'épargner tous les passages de cette guérison. Si j'ai choisi de te parler de tout ça ce soir, c'est simplement parce que je t'aime, que j'aime

Joshua et que je veux vous aider tous les deux dans ce chemin d'évolution. Je ne sais pas si je t'aime plus ou moins que ma femme ou que ma mère, ça n'a aucune importance. Je crois que nous avons été mis sur la terre pour apprendre à conjuguer le verbe aimer..., et que nous pouvons le réciter à tous les temps et à toutes les personnes. Si j'ai mis cette condition ce soir, c'est que je désirais, du plus profond de mon cœur, rencontrer la vraie Mathilde. J'ai peut-être fait de l'intrusion, je ne sais pas… Je suis peut-être allé trop loin. Mais tout ce que je veux que tu retiennes, c'est que *tu* existes et que *ta* vie est importante, et surtout que Joshua ne pourra remplir tes besoins de femme. Tu es humaine, toi aussi…, accueille cette partie de toi, Mathilde. »

Elle n'arrivait plus à prononcer le moindre mot. Elle ne savait plus si elle venait d'être grondée ou si elle venait de recevoir une déclaration d'amour, ou bien les deux. Elle était mise en contact avec une partie d'elle-même qu'elle ne soupçonnait pas, qu'elle avait ignorée totalement. La femme en elle. Les yeux baissés, elle tortillait sa serviette de table, elle voulait se voir dans un taxi, en route vers chez elle, bordant Joshua, en effaçant tout ce qu'elle venait d'entendre.

« Regarde-moi, Mathilde, s'il te plaît… »

Elle leva les yeux doucement, afin que les larmes qui montaient ne puissent trouver une fuite. Pour une raison qu'elle ne comprit pas, elle trouva la force de plonger son regard dans l'âme de Louis. Doucement, il lui dit :

« Écoute, je suis désolé, je me suis emporté. Je ne te fais aucun reproche, entends-moi bien. Je veux simplement te dire à quel point tu comptes pour moi et combien j'aimerais te voir t'épanouir. Tu n'as pas eu une enfance facile, belle Mathilde. Tu es forte et courageuse. Tu es l'incarnation de la générosité. Et tu vois, je crois en Dieu et je crois sincèrement que Dieu veut le meilleur pour toi, dans tous les domaines de ta vie. Je te demande juste d'ouvrir ton cœur…, et te laisser aimer, toi aussi. »

Mathilde se dit que, si elle ouvrait la bouche pour dire un seul mot, le volcan en elle allait faire éruption. Alors, elle reprit une gorgée de vin, épongea ses lèvres et osa une phrase…

« Hum…, j'ai peur de tout ce que tu viens de me dire, Louis. Je voudrais l'effacer, mais je sais que je ne pourrai pas. Je sais que je devrai confronter un jour ou l'autre toute cette réalité. Et tu as raison sur toute la ligne. Ma blessure à moi est face à mon père, en ce qui concerne la vie amoureuse. Je n'ai aucun point de repère, aucun modèle. Lorsque je pense à toi, c'est à un père que je pense. Je ne me permets pas d'autre sentiment que l'amitié. Tu représentes la protection, comme un grand frère. Je préfère te garder comme ami, que de te perdre comme amoureux… Je ne m'en remettrais jamais ! »

Elle quitta soudainement la table et se précipita à la salle des toilettes en pleurant.

Louis s'en voulait d'être allé toucher l'âme de Mathilde. D'ailleurs, il était complètement bouleversé lui-même. Comment ramener les choses maintenant. Cette soirée se voulait une célébration… Le vin stimulant l'âme, les vraies choses étaient maintenant dites…, on ne pouvait plus les nier. En réalité, il s'agissait d'une « célébration ». Ils avaient nommé les émotions et les sentiments, ils les avaient honorés, et ça dérangeait.

Après une quinzaine de minutes, Mathilde réapparut. Elle s'était aspergé le visage d'eau froide, avait rafraîchi son maquillage et rapatrié sa bonne humeur. Son sens de l'humour l'avait sortie des pires pétrins, plus d'une fois. Elle s'assit, prit la bouteille de vin entre ses mains, la huma, y jeta un œil inquisiteur, et dit spontanément à Louis :

« Qu'est-ce qu'ils ont mis dans ce vin-là ? »

Et ils éclatèrent de rire !

« Oublions tout ça, chère amie, ce n'était pas nous qui parlions !..., je crois que nous avons été habités par des esprits en manque, pour quelques minutes... », reprit Louis.

Mathilde riait aux larmes. Au fond d'eux-mêmes, ils venaient de faire un pacte. Ils venaient de renoncer à la rencontre amoureuse. Ils choisirent les rôles d'amis et de confidents.

« Tu as raison, Mathilde..., oublions tout ça, et célébrons ton bonheur et notre amitié de toujours ! »

Il était minuit 30, lorsque Mathilde entra chez elle. Pendant tout ce temps, ils avaient échangé sur différents épisodes de leur vie, tantôt sérieusement, tantôt avec tout l'humour dont ils étaient capables tous les deux.

Sans trop de cérémonie, Mathilde fit sa toilette du soir et se glissa sous les couvertures, l'esprit un peu grisé. Elle ne pouvait penser à s'endormir avant d'avoir confié à son journal ce qu'elle avait ressenti ce soir-là.

Cher journal,

Ces pages seront les plus confidentielles que je t'aurai écrites. Je t'en prie, garde-toi bien fermé et ne te laisse découvrir par personne, surtout pas par Louis ou par Joshua.

Aujourd'hui, j'ai vécu l'un des jours les plus magiques et les plus bouleversants de ma vie. Joshua sera libre de faire toutes les études qu'il désire et, à dix-huit ans, il pourra prendre son envol, car il aura tout l'argent nécessaire pour subvenir à ses besoins. Il sera libre mais, moi, est-ce que d'ici-là j'arriverai à me libérer de mes peurs. Serais-je capable de l'aimer assez pour le laisser partir ? Sa présence remplit tellement ma vie en ce moment..., je ne peux imaginer ma vie sans lui.

Ce soir, Louis m'a confrontée à toutes ces peurs et à mes besoins de femme. J'ai failli mourir de honte, cher journal. J'ai failli lui dire mon secret, celui que toi seul connais. J'ai failli lui dire que j'étais amoureuse de lui depuis le premier jour, depuis le premier regard. Mais j'ai été forte, je me suis ressaisie, je me suis parlé et je me suis raisonnée. Et, sans mot dire, nous avons fait un pacte..., le pacte de sauver notre amitié, de la préserver du risque de se perdre dans des histoires d'amour et de passion. Ô, cher journal de mon cœur, que j'ai eu la frousse..., j'ai failli tout bousiller.

Et lui, je crois qu'il a essayé de me dire la même chose, mais je n'ai pas voulu l'entendre. Louis a déjà dit, lors d'une conversation entre amis, que pour lui le mariage était indissoluble... Le message était clair pour moi et, de toute façon, j'ai un très grand respect pour son couple et pour sa famille. Ils sont si rares, les couples qui trouvent une harmonie, un partage et autant de respect. Je les admire. Je me retire. Je renonce. D'ailleurs, je ne me sens pas à la hauteur de cet homme merveilleux. J'ai probablement quelques complexes à résoudre encore. Et franchement, cher journal, je te dirais que je ne crois pas arriver un jour à ressentir cet amour pour un autre homme.

C'est dans les bras de ma maman que j'aimerais me retrouver ce soir. Simplement pour goûter la sécurité du sein maternel, me rappeler d'où je viens et où je vais. Entrevoir ma mission sur cette terre.

Je bénis Joshua, je bénis Louis et sa famille, je bénis la femme en moi, par la grâce et l'amour du Divin. Amen.

Bonne nuit, et à bientôt

Mathilde, un peu ivre !

5

La connexion

Les jours, les semaines et les mois passèrent, et Joshua n'eut pas d'autre manifestation de sa mère, ni d'aucun phénomène paranormal. Il ne s'en plaignait pas. Au contraire, il était un peu soulagé que les choses reviennent à la normale dans sa vie de petit garçon de bientôt dix ans. Il ne se sentit point abandonné, non plus, de ne pas recevoir de réponse à sa lettre. C'est un peu comme s'il savait que les réponses étaient en lui et qu'elles se manifesteraient en leur temps.

C'est à la veille de son anniversaire que Joshua reçut la visite de Laurie. Pendant son sommeil, elle se manifesta à travers ses rêves. Le lendemain, à son réveil, il s'empressa d'écrire dans son petit livre le rêve merveilleux et si vivant qu'il avait fait de sa maman.

Allô maman,

*C'est moi, ton petit Roi Joshua. C'est pour te dire que je t'ai vue cette nuit. J'ai vu ton paradis. Tu étais assise au bord de la mer, dans une belle tunique blanche. C'était comme sur une pointe, tu étais là avec ta guitare et tes cheveux brillaient dans le vent. Ton sourire et tes yeux étaient tout illuminés... Ah ! que tu étais belle, maman. Et tu chantais : « Bonne fête, Joshua ». Dans l'eau, il y avait trois dauphins. Tu m'as dit que c'étaient tes amis et qu'ils venaient me chanter bon anniversaire avec toi. Et il y avait aussi une belle maison blanche derrière toi, tu me l'as montrée et tu m'as dit : « C'est notre maison du Paradis, c'est ici que je t'attendrai, mon petit Roi ». Et tu m'as envoyé plein de baisers qui s'en venaient vers moi comme des étincelles, et là, je me suis réveillé. C'était bien toimaaaaa...., eifosidkjfieurowokdjfiaaaiiibieo __ oqxjiremoaldijg_*

Joshua avait perdu le contrôle de son crayon, tout s'écrivait sans qu'il ne puisse intervenir. Il ressentait une chaleur et des picotements dans sa main droite. Il se vit, à nouveau, se retirer de son corps et être témoin de ce qui se passait autour de lui. Cette fois, c'est une lumière rose qui l'entourait et, au-dessus de sa tête, il pouvait voir une spirale violette, comme un entonnoir dans lequel coulait un liquide doré. Sa petite main, qui avait cessé de s'agiter, écrivait maintenant :

Bien sûr, petit Roi que c'était moi, je suis avec toi. Je ne t'ai jamais abandonné, Joshua. Je t'aime tant. Je veille sur toi, je viens aujourd'hui t'expliquer ces choses étranges qui t'arrivent, pour que tu puisses vivre ta vie de petit garçon sans trop te perturber avec ce phénomène. Tu es médium, mon petit ange. Mais pas n'importe quel médium…, tu es un ange, un lien entre le visible et l'invisible. Tu feras de grandes choses ; ne te précipite pas, nous sommes au cœur de l'éternité. Je sais que c'est difficile pour toi d'être si différent des autres. Tu n'as pas beaucoup d'amis avec qui tu peux parler de ce que tu es et de ce que tu vis, mon petit Roi. Tout le monde veut être ton ami, car ton cœur rempli d'amour attire tous les enfants. Mais je sais aussi à quel point tu te sens seul, souvent. C'est pour cela que je viens te dire que je suis là, que je serai toujours là pour toi. Mathilde est merveilleuse, dis-lui encore merci de ma part, Joshua. N'aie pas peur de lui parler de mes visites, avec le temps elle te comprendra et ça l'aidera.

Pour ton anniversaire, je t'amènerai nager avec les dauphins…, c'est promis ! Je t'aime très fort, je t'écrirai encore…

Maman xxxxx

Soudainement, le crayon tomba de la main de Joshua et il rapatria son corps doucement. Ce sentiment d'euphorie, de bonheur et d'amour qui l'habitait était inexplicable. Il pleura de joie, il ne voulait plus quitter cet instant. Précieusement, il reprit dès la première ligne le message écrit de Laurie. Il n'était plus seul. Quelqu'un, quelque part, comprenait ce qu'il vivait. Il était médium, mais il n'était qu'un enfant… Était-ce possible ? Il eut envie de courir montrer le message à Mathilde, mais quelque chose le retint. Il eut peur qu'elle ne le croie pas, qu'elle pense qu'il s'inventait des histoires. Il préféra attendre.

Il n'avait pas du tout envie d'aller à l'école. Il aurait passé la journée à écrire et à recevoir des lettres de sa maman du Paradis. Mais c'était vendredi, dernière journée de la semaine, et c'était son anniversaire. Alors, il se donna un élan pour sortir du lit, après avoir précieusement rangé son petit livre sous l'oreiller.

Ce soir-là, ils rentrèrent comme d'habitude vers 5 h 30. Tout semblait normal pour Joshua, jusqu'à ce qu'il ouvre la porte et qu'il entende : « *Surprise !* » Mathilde lui avait organisé une belle fête avec tous ses amis du voisinage, ainsi que Louis, Michelle et leurs enfants, Julie et Sébastien. Tout était décoré pour la fête, et la joie des enfants souleva Joshua, remplissant son cœur du souvenir de ses cinq ans.

Après le souper, ce fut bien sûr le moment ultime de souffler les bougies. Joshua se concentra très fort, formulant son désir d'aller nager avec les dauphins, au Paradis de Laurie. Il éteignit d'un souffle les dix bougies du gâteau. Il déballa ses cadeaux avec frénésie et la joie illuminait ses yeux d'enfant.

Sur la table, il restait une enveloppe, adressée à Joshua et Mathilde ! Intriguée, Mathilde lui dit :

« Hé ! petit homme, regarde donc ça ici…, une enveloppe adressée à nous deux…, on l'ouvre ?

– Oui, donne-la-moi, je vais l'ouvrir », dit-il.

Il ouvrit l'enveloppe, mais ne comprit pas trop ce qu'il y voyait, puisque Joshua n'avait jamais vu des billets d'avion… Il sortit les billets, et dit à Mathilde :

« Je crois qu'on va aller voir un spectacle ! »

Mathilde, plus qu'intriguée maintenant, fronça les sourcils et tendit la main au petit pour regarder de plus près ces mystérieux billets. Elle sortit d'abord la carte d'anniversaire qu'elle lut à Joshua :

Pour tes dix ans et pour célébrer ta vie de famille avec Mathilde, je vous offre un voyage à la mer où tu pourras aller nager avec les dauphins !

Joshua hurlait de joie. Il sautait, il dansait et il répétait sans cesse :

« Merci, maman Laurie, merci, merci, tu me l'avais promis ! »

Mathilde était sidérée, elle n'en croyait pas ses yeux. Louis était ému de toute la joie qu'il venait de semer dans le cœur de ces deux êtres qu'il aimait tant. Joshua se lança à son cou, le serra tellement fort qu'il en perdit le souffle. Michelle échappa quelques larmes, Mathilde pleurait aussi, incapable de prononcer autre chose que :

« C'est trop, Louis, ça n'a pas de bon sens... C'est incroyable ! Merci, merci. »

Elle embrassa Michelle et Louis, sachant que les mots étaient très inhabiles dans les circonstances, pour exprimer ce qu'elle ressentait.

Pendant ce temps, Joshua s'était précipité dans sa chambre pour en redescendre avec son petit livre. Il ouvrit la dernière page et la montra à Louis en premier, puisque c'était par Louis que sa maman avait passé pour lui offrir son cadeau d'anniversaire.

Louis lut et relut. Il était complètement secoué. Son teint avait subitement pâli. Il ne pouvait y croire. Il regarda Mathilde, et lui demanda :

« Tu étais au courant ?

– Au courant de quoi ? lui répondit-elle.

– De ça… », et il lui tendit le petit livre.

Mathilde lisait, inquiète, mot après mot, le message de Laurie. Lorsqu'elle lut la dernière phrase sur les dauphins, elle posa la main sur sa bouche pour retenir un cri…

« Ah ! Quoi ? Mais c'est pas possible…

– Oui c'est possible, Mathilde, dit Joshua…, et surtout, c'est merveilleux », ajouta-t-il en sautillant.

Il s'assit sur les genoux de Mathilde, bouleversée. Il flatta son doux visage et prit son menton entre son petit pouce et son index :

« Regarde-moi, Mathilde. Écoute-moi, tu es merveilleuse, maman Laurie l'a écrit, tu vois ? Et elle dit que tu ne dois pas avoir peur, que ça t'aidera aussi de savoir qu'elle est avec nous, et qu'elle va nous aider. »

La jeune femme ne savait plus comment réagir. Sous le regard émerveillé de Louis, elle fondit en larmes. Michelle avait pris connaissance du message la dernière. Son amour pour les enfants l'amena facilement à croire que l'esprit d'une maman devait survivre après la mort. Néanmoins, elle était aussi ébranlée par cette manifestation sans équivoque.

« Je vais nager avec les dauphins, criait Joshua, je vais nager avec les dauphins dans la mer… », répétait-il sans cesse à ses amis.

Les petits n'avaient pas porté attention à la scène que venaient de vivre les grands. Ils étaient déjà affairés à s'amuser avec les jouets que Joshua avait reçus pour son anniversaire. Sébastien, le fils de Louis et Michelle, lui dit spontanément :

« Tu vas adorer ça, Joshua…, mais tiens-toi bien, parce qu'ils nagent vite, les dauphins. Il faudra que Mathilde monte avec toi, peut-être. Ça dépend, si tu es assez grand, tu pourras y aller tout seul.

– Tu as déjà nagé avec les dauphins, toi, Sébastien ?

– Oui, l'an dernier avec mon père, c'est vraiment chouette ! »

Et c'est sur cette note d'éternité que la soirée s'acheva, laissant bien sûr quelques questions dans la tête des grands et quelques étincelles d'espoir dans le cœur des enfants. Les dauphins attendaient maintenant Joshua pour lui transmettre leurs énergies de conscience et de compassion si pures.

Le lendemain soir, Mathilde décida de faire une petite recherche sur les dauphins, à travers un ouvrage qu'elle possédait sur la médecine des animaux, Les Cartes-Médecine. Elle lut un passage qui la frappa particulièrement :

« *Le Dauphin apprit que toute communication est à la fois structure et rythme et qu'un nouvel aspect de la communication, le son, était en train de se définir. Depuis lors, le grand cétacé porte en lui cet arrangement original. Le Dauphin retourna à l'océan de la Mère Éternelle ; il était tout triste jusqu'à ce que la Baleine vînt lui dire en passant qu'il pouvait retourner vers les habitants de l'Espace du Rêve, comme messager, chaque fois qu'il voulait bien ressentir ce même rythme et utiliser ce même souffle. On confia donc un nouvel emploi au Dauphin. Il devint le porteur de nos progrès. Les habitants de l'Espace de Rêve s'interrogeaient sur les Enfants de la Terre ; ils voulaient que nous parvenions à l'Unité avec le Grand Esprit. Le Dauphin servirait de lien.*

Si le Dauphin a surgi [...], à travers l'écume des vagues, vous devenez vous aussi un lien qui apportera une solution aux Enfants de la Terre. Ce peut être un temps où vous affermirez votre lien avec le Grand Esprit pour trouver réponse à vos questions et à celles des autres. De plus, ce peut être le temps d'entrer en communication plus étroite avec les rythmes de la nature. On vous recommande d'être plus attentif aux rythmes de votre corps et aux schémas d'énergie que vous envoie le Créateur. Imitez le Dauphin et créez des vagues de rire qui répandront la joie dans le monde. Respirez et faites l'expérience du souffle-énergie qui abonde. Surmontez les obstacles et entrez en contact avec l'Espace du Rêve ou la Grande Nation des Étoiles. Prenez conscience que, aux yeux de l'Éternel, nous sommes tous un. »

Cette manifestation de Laurie secoua Mathilde. Ses émotions se bousculaient, passant de l'émerveillement à la peur, de l'incompréhension à la fascination. Mathilde avait un besoin urgent d'exprimer ce que son cœur portait... Il était trop tard pour téléphoner à Louis, même si elle brûlait d'envie d'entendre sa voix et d'être réconfortée; le discernement de cet homme lui confirmait chaque fois qu'elle n'était pas folle. Elle choisit alors de s'ouvrir à son autre grand confident.

Cher journal,

Et si c'était possible ? Si l'esprit survivait à la mort, et que la mort elle-même n'était pas la fin ? Si l'autre monde était juste là, de l'autre côté de ce mur ou même plus près de nous encore…, avec nous ? Et si le petit Joshua était l'un de ces liens avec l'autre monde, et que sa mission était de nous réveiller ? J'ai peur, cher journal. Je nage dans une mer d'inconnues, et tout chavire dans mon esprit. J'ai peur de la folie et de tout ce qu'il y a derrière cette porte. Le petit livre de Joshua annonce la présence de Laurie, ici, dans « notre vie ». Je me demande jusqu'où ça ira ? A-t-elle le droit d'intervenir sur notre plan ? Et, à la fois, je ne peux nier le bonheur et la joie qu'elle a procurés à son petit Roi hier ! Suis-je à la hauteur de la responsabilité que j'ai choisie en prenant cet enfant sous mon aile ?

Soudainement, Mathilde ne trouva plus un seul mot à écrire. Son inspiration venait d'être coupée, complètement. Une voix monta en elle, comme une intuition. Une voix douce et chaude lui murmura :

« *Fais-toi confiance, mon enfant…, abandonne-toi sur mon cœur.* »

« Ça y est, se dit-elle, je suis dingue ! »

Elle se mit à lutter contre cette voix, en essayant de réactiver celle de son mental.

« Raisonne avec ta tête, Mathilde, se répétait-elle, rappelle-toi que ce que ta mère disait souvent : *l'équilibre dans la vie, ma fille, c'est très important. Garde les deux pieds bien sur terre.* »

Et elle termina avec son mot de la fin :

« Bon, ça suffit, les folies ! »

Elle referma brusquement son journal, comme on claque la porte derrière une situation embarrassante à laquelle on ne veut plus penser. Mais la petite voix se fit persistante, et donna, elle aussi, son mot de la fin :

« Et si ton "cher journal" avait une âme ? »

Cette nuit-là, Mathilde fit un rêve incroyable. Puisque son mental avait fermé la porte à la voix de son âme, celle-ci vint se manifester à travers son sommeil. Dans son rêve, Mathilde portait un enfant. C'était à une époque lointaine, en Europe. Elle se voyait très clairement, à la veille d'accoucher, en train de broder la merveilleuse robe de baptême du nouveau-né. Elle piquait de fil doré le trousseau de l'Ange qui s'annonçait, en lui chantant une douce berceuse.

Un homme s'approcha d'elle et posa sur sa joue un tendre baiser, l'invitant à aller dormir. Au milieu de ce rêve, si simple pourtant, Mathilde se sentit remplie de vie et d'amour. Soudainement, la scène bascula et elle assista à l'accouchement. Le processus de naissance de l'enfant fut terriblement difficile. Le bébé survécut, mais la mère y laissa sa vie.

Elle se voyait morte, dans ce grand lit blanc. L'homme qu'elle aimait était là, la tête appuyée sur sa poitrine, pleurant à chaudes larmes. Il consacrerait sa vie à cet enfant. Il ne vivrait que pour lui, renonçant à l'amour d'une autre femme.

En se réveillant, Mathilde fit spontanément le lien avec Louis, Joshua et elle-même. Elle se rappela les propos de Louis, concernant l'importance, parallèlement à l'éducation de Joshua, de penser à elle-même et de ne pas sacrifier sa vie affective. Au fond, se dit-elle, il savait de quoi il parlait ce soir-là. Au-delà d'un rêve, Mathilde comprit qu'elle était retournée dans le temps, pour visionner une vie antérieure avec ces deux âmes si chères pour elle dans cette vie-ci.

Elle repassa dans son esprit, des dizaines de fois, le scénario de cette existence. Le cœur rempli de chagrin, elle se demanda si un jour elle aurait le courage de raconter à Louis cette lecture d'âmes reçue en rêve. Pour Mathilde, cela ne faisait aucun doute ; cette manifestation venait ouvrir encore un peu plus sa conscience.

Pendant ce temps, Louis, allongé près de Michelle, ne trouvait pas le sommeil. Il fixait le plafond, revivant chaque instant de la scène de la veille. Louis se trouvait pris entre son mental et cette révélation aussi terrifiante que sublime. Il se leva, se rendit dans la bibliothèque et s'enfonça dans son fauteuil préféré, devant la cheminée. De là, il se sentait plus libre d'élever sa pensée et de réfléchir. Dans son esprit se déroulait le questionnaire, comme il le faisait si souvent devant le box des accusés ou des témoins. Mais cette fois, il était son seul témoin.

Se pourrait-il qu'il s'agisse d'un simple hasard ?…, tout un hasard, s'avoua-t-il ! Et pourquoi moi ? Pourquoi Laurie m'a-t-elle choisi pour livrer à Joshua ce message ? Et les morts…, ils ne sont pas vraiment morts ? Ils peuvent communiquer avec nous ? Joshua a-t-il un don ?

Pendant que, dans son cerveau, mijotaient ces mille et une questions, son regard se braqua sur l'épine d'un livre dans la bibliothèque. C'était un livre que Michelle avait lu avec le plus grand intérêt, *La vie après la mort* de Raymond Moody. Le livre venait tout juste de paraître et lui avait été référé par la mère d'un de ses petits patients décédés récemment. Michelle en avait glissé un mot à Louis, mais sans plus. Elle connaissait la position de Louis face aux propos à caractère spirituel et paranormal.

Voilà que, ce soir-là, le titre lui sauta aux yeux. Il se leva et le retira de l'étagère précieusement, comme s'il s'agissait d'un objet sacré. Louis traversa le bouquin de part en part, étonné par ces témoignages vivants de personnes qui avaient franchi le seuil de la porte de l'au-delà, revenant avec des souvenirs similaires les uns aux autres et, surtout, avec une vision de la mort et de la vie, complètement transformée.

Louis découvrait, comme un enfant, le langage de la conscience, de l'esprit et de l'immortalité. *Ce langage, qui n'appartient pas au monde de la justice, avait peut-être une explication à ce que nous appelons l'injustice*, se dit-il. Il s'endormit à quatre heures du matin, cette nuit-là. Il s'agirait pour lui d'une nuit porteuse d'un message infiniment grand. C'était l'éveil, le début d'une transformation.

Pendant tout ce temps, Joshua couché sur le dos, les mains derrière la tête, rêvait de ce moment ultime où Laurie et lui auraient enfin cette communion à travers les dauphins.

Contrairement aux adultes, l'enfant ne doutait de rien. Il était parfaitement connecté à la Source. D'ailleurs, depuis la tragédie, Joshua faisait preuve d'un équilibre déconcertant. La psychologue qui l'avait accompagné durant un an était déstabilisée par sa force de récupération.

Elle voyait en lui quelque chose d'insondable qui échappait à ses connaissances – un processus de guérison appartenant à un autre niveau de conscience.

À travers le chant, Joshua créait la connexion ultime avec son âme. L'*Ave Maria* installait de façon vibratoire un fil d'argent reliant son esprit à celui de Laurie. Sans rien chercher, ni forcer, l'enfant trouvait ainsi naturellement le moyen de garder le contact avec sa mère, avec Dieu.

6

Le voyage

« Les passagers du vol 780, à destination de Holguin, Cuba, sont priés de se rendre à la barrière nᵒ 45, pour l'embarquement. »

Les yeux de Joshua n'étaient pas assez grands pour tout voir et tout ressentir de ce moment magique, lorsqu'ils arrivèrent à l'aquarium des dauphins. Ils s'y étaient rendus tôt le matin pour être les premiers à nager avec eux.

En s'approchant des dauphins, Mathilde remarqua qu'étrangement Joshua était devenu tout triste. Les trois dauphins s'étaient regroupés à ses pieds, agitant leur tête et, de leurs cris stridents, ils s'adressaient tous à la fois à l'enfant. Joshua réalisa alors que les cétacés étaient en captivité et qu'ils étaient dressés. Il n'avait pas imaginé ce scénario. Il avait plutôt cru qu'ils iraient nager avec les dauphins dans la mer, dans leur habitat naturel, à l'état sauvage.

Sans regarder Mathilde, le regard fixé sur les dauphins, il dit :

« C'est triste…, ils sont en cage, ils ne sont pas libres. Ça me fait de la peine de les voir comme ça, Mathilde.

— Tu crois qu'ils ne sont pas heureux ?

— Ils ne peuvent pas être heureux, ils sont emprisonnés. Comme les humains, ils font leurs pirouettes juste pour avoir à manger. Je crois qu'ils sont exploités par les hommes, pour nous procurer des sensations fortes. Ceux que j'ai vu avec Laurie, sur la pointe qui avançait dans la mer, étaient libres. Ils jouaient avec maman, ils étaient venus la voir, parce qu'ils l'avaient choisie. »

Les propos du petit roi dépassaient Mathilde. D'où pouvait-il puiser de telles pensées. Ce moment triste était à la fois rempli de lumière.

Mathilde éprouvait cependant une grande difficulté à voir Joshua aussi déçu. Elle entreprit alors de le sortir de cette nostalgie pour l'inciter à jouir de cette baignade tant attendue.

« C'est pas grave, mon ange, ils ne sont pas maltraités les dauphins, ils sont contents de pouvoir nager avec toi aujourd'hui ! Je suis certaine que tu vas adorer ça. Ne t'en fais pas pour eux, ils ne souffrent pas, Joshua…

— C'est que tu ne comprends pas, Mathilde. Ce n'est pas tout de ne pas souffrir dans la vie. Ça aussi, c'est comme les humains. Ils courent du matin au soir, par peur de souffrir, mais ils ne sont pas libres, tu comprends ? Libres de faire ce qu'ils aiment, libres de traverser l'océan, de rencontrer le danger, de trouver leur nourriture dans la nature. La liberté, c'est précieux, Mathilde ; ma mère m'en parlait souvent. Je ne comprenais pas toujours ce qu'elle essayait de me dire mais, ce matin, en voyant ces beaux dauphins en cage, je comprends pourquoi Laurie m'a donné rendez-vous ici ! »

C'était maintenant au tour de Mathilde de devenir toute triste. Joshua reprit :

« Je ne suis pas déçu pour moi, je suis triste pour eux, tu vois ? C'est pas pareil. »

Le coup de sifflet de l'entraîneur retentit brusquement, sortant Joshua et Mathilde de leur réflexion. Le jeune homme défila d'un trait toutes ses instructions, et les informa de ce que les dauphins et eux feraient ensemble. Balades sur leurs dos, danses, chants, propulsions hors de l'eau, etc.

« Alors, tu es prêt, mon garçon ? demanda l'instructeur.

– Non, répondit Joshua. Je ne suis pas prêt à faire tout ce que vous me dites. Je veux juste aller dans l'eau, nager avec eux. Est-ce que je peux ? »

L'entraîneur, surpris par le souhait de l'enfant, réfléchit un instant et lui dit :

« Bon, eh bien, comme tu voudras ! Sauf que, c'est dommage pour toi, tu vas vraiment manquer quelque chose. Sans mon signal, les dauphins ne feront rien, car ils ne répondent qu'à mes instructions. Ils savent qu'une récompense les attend avec moi.

– C'est pas grave », dit Joshua, en se glissant au bout du quai, pour rejoindre doucement ses amis.

Mathilde l'observait, émerveillée ! Le spectacle de la communion commença.

Les trois dauphins se regroupèrent autour de Joshua, dans une ronde. De son côté, il posa sa main sur le front de chacun d'eux, les baptisant...

« Nina

– Santi

– Laurie », fit-il, solennellement !

Ensuite, il plongea au fond du bassin et les dauphins, joyeux, le suivirent. Ils rejaillirent tous les quatre et les dauphins, bondissant, applaudissaient Joshua resplendissant dans les rayons du soleil.

L'entraîneur, éberlué, n'en croyait pas ses yeux. Jamais il n'avait vu « ses » dauphins répondre de cette façon à la présence d'un touriste. Mais Joshua n'était pas un touriste ordinaire...

Joshua entraîna ensuite ses amis à l'autre bout du bassin. Cette intimité leur permettrait de lancer « le chant de l'Être ». Joshua se laissa flotter sur le dos et les dauphins l'imitèrent. À ce moment, ni l'entraîneur ni Mathilde ne se doutaient de l'exercice qui se préparait. Le synchronisme et l'harmonie qui régnaient entre eux étaient d'une beauté inouïe.

Doucement, haut dans le ciel, Joshua émit son *souffle-énergie*, faisant monter sa voix vers le Très-Haut. De sa note la plus grave, il éleva son âme jusqu'à la note la plus aiguë qu'il pouvait atteindre. Le son pur, et puissant à la fois, de cette voix si jeune arracha quelques larmes aux deux spectateurs.

Puis, les trois dauphins rattrapèrent la note pour amener la vibration de trois octaves, encore plus haute. L'hymne de la trinité – corps, âme, esprit – venait d'être lancé dans l'univers, destiné à atteindre le cœur des hommes et éveiller leur conscience.

Une libération intérieure venait de se produire, une guérison spirituelle venait de s'opérer à l'égard des six êtres présents en ce lieu. Joshua tint la note pendant trente secondes, ouvrant ainsi la voie à la fusion de l'humain au divin.

Lorsque, doucement, le volume diminua, tel le sifflement d'un train s'éloignant dans la nuit, Joshua se retrouva en parfaite communion avec Laurie et avec son créateur, Dieu.

Les dauphins se hissèrent debout et présentèrent, à leur ami, leur plus majestueuse révérence. Le bonheur de l'enfant dépassait tout entendement... Il réalisa soudain que les dauphins avaient choisi cette mission, dans ce bassin, avec nous les humains, en vue d'élever notre âme. Joshua n'était plus triste pour eux.

Il s'accrocha alors aux ailerons de Nina et de Santi, qui étaient venus se placer de chaque côté de lui, pour lui offrir un tour vertigineux. L'enfant riait aux éclats ; son cœur voguait, autant que son corps. C'est sur le dos de Laurie, qu'il exécuta son acrobatie, debout les bras en croix..., il « surfait » sur l'énergie propulsive de sa maman chérie.

Mathilde, figée sur le quai, savait qu'elle ne serait plus jamais la même. Sur le jeune et beau visage de l'instructeur, coulaient quelques larmes d'émerveillement, qui en disaient long sur l'ouverture du cœur qui venait de s'opérer en lui.

Le petit roi sortit de l'eau, souriant, triomphant...

« C'est ton tour, *maman* ! »

Que de fois elle avait rêvé entendre ce mot magique de la bouche de Joshua. Mais, jamais elle n'aurait voulu lui imposer de l'appeler « maman ». Lorsqu'il résonna à son oreille, Mathilde capta tout le sens de l'amour inconditionnel et du détachement. Elle savait maintenant que cet enfant était un *guide* spirituel, un lien vivant avec l'autre monde – le monde de l'intérieur, le monde magique de l'esprit. Une compréhension soudaine traversa son esprit. La jeune femme venait d'endosser sa seule responsabilité face à Joshua…, *l'aimer de tout son être !* Elle eut à cet instant une pensée pour Marie, mère de Jésus.

La sortant de sa bulle, Joshua criait :

« Vas-y, vas-y, ils t'attendent…, plonge de tout ton cœur, maman Mathilde ! »

Avant de se lancer dans le bassin, Mathilde prit Joshua dans ses bras, sans rien dire… Le silence pouvait mieux traduire que n'importe quel mot tout l'amour qui les unissait. Au bout de cette longue étreinte, Mathilde bénit le petit roi, le moment présent ainsi que la vie, et elle exécuta son plus beau plongeon pour s'abandonner totalement à ce contact privilégié avec ces créatures insondables que sont nos amis les dauphins.

L'odeur savoureuse du café attira Louis dans la cuisinette du bureau. Mathilde était rentrée tôt en ce lundi matin, de retour de vacances. Elle avait bien l'intention de s'asseoir quelque temps en compagnie de l'instigateur de ce voyage, avant de commencer sa journée. Intuitivement, Louis était aussi rentré tôt ce matin-là.

« Ah, quelle bonne surprise…, tu es déjà là, Mathilde, j'avais tellement hâte d'avoir des nouvelles de vos aventures ! s'empressa-t-il de lui dire en enlevant son manteau.

– Je ne sais pas si nous aurons assez de temps pour que je te raconte ce voyage, que j'appellerais "initiatique", autant pour moi que pour Joshua. Mais d'abord, cher Louis, je veux te redire merci, du fond de mon cœur et de la part de Joshua. Tu ne te doutes pas de tout ce que ce cadeau représente pour nous deux, ainsi que pour Laurie. L'ampleur de cette expérience est indescriptible.

– Dépêche-toi, Mathilde, je t'en prie, raconte…

– Eh bien, voilà… »

Et elle lui fit le récit de cette danse dans la Lumière, que Joshua et elle avaient vécue avec ces êtres célestes ! Louis, émerveillé et ému, la laissa déployer toute la magie qui s'était manifestée sous leurs yeux. Mathilde était une excellente conteuse. Elle ne laissait aucun détail lui échapper. Son talent permettait à Louis de capter la moindre émotion, et de ressentir lui-même le message de Laurie, comme s'il l'avait vécu avec eux.

« C'est formidable et incroyable à la fois, Mathilde. Je suis bouleversé depuis le souper d'anniversaire de Joshua, tu sais ! Je me questionne, sans cesse ; je revis ce moment jour après jour et j'essaie de comprendre…, je ne sais plus… »

Mathilde l'interrompit.

« Si tu veux un conseil, Louis, fais comme moi. Ne te questionne plus, n'essaie plus de comprendre, c'est inutile. Il ne s'agit pas de manifestation sur un plan mental, je crois que tout ça appartient au monde de l'esprit. À partir de notre esprit et jusqu'au Grand Esprit. Personnellement, je n'ai trouvé qu'une façon de vivre avec cette nouvelle vision, et c'est en écoutant mon cœur. En écoutant ce que je ressens. Ce que j'ai vécu avec Joshua et Laurie, là-bas, ne se décrit pas. Je crois que c'est un peu comme passer de l'autre côté, et revenir. Il n'y a pas de mots pour expliquer ce qu'on voit, ce qu'on ressent. La transformation se fait de l'intérieur, à partir de la partie invisible de nous-mêmes.

– Comme c'est étrange que tu fasses ce parallèle entre ton expérience et les expériences de mort imminente ! J'ai lu l'autre nuit un livre sur ce sujet et je commence vraiment à croire qu'il n'y a pas de hasard, mais que d'heureux rendez-vous. C'est à la fois fascinant et effrayant. Je me sens poussé vers cet univers nouveau, qui est si peu familier avec mon éducation, si loin des croyances religieuses qui m'ont été inculquées. Je me sens déstabilisé et j'ai peur de perdre l'équilibre mais, en même temps, je ne peux plus nier toute cette lumière que je vois entrer dans ma vie. De pouvoir partager et échanger avec toi sur tout ça, Mathilde, c'est un autre cadeau que la vie m'envoie. Merci d'être dans ma vie, tu es tellement plus qu'une secrétaire pour moi, si tu savais... »

Sans s'en rendre compte, Louis avait dirigé sa main vers la joue de Mathilde. Elle l'arrêta spontanément. Son mécanisme de protection était alerté.

« Non, Louis, ne me touche pas, je suis si vulnérable. Si tu savais, toi aussi...

– Bon, je crois que tu as raison. Soyons sages. Je passerais la journée à échanger avec toi, Mathilde. Il me semble que j'ai tellement de questions et que tu as tellement à m'apprendre ! lui dit-il humblement.

– Ah ! Louis, je suis comme toi, tu sais ! Je nage dans l'inconnu et je découvre des trésors d'espoir et de vie, au-delà de tout ce que j'ai connu avant. Joshua est celui qui a la Lumière et qui se prépare à nous montrer la voie vers cette autre dimension.

– Qu'est-ce qui te fait dire ça, Mathilde ? Ce n'est qu'un enfant…

– Je t'arrête, Louis ! Joshua est un Maître dans un corps d'enfant. J'ai vu dans ses yeux l'âme d'un grand sage. Le dernier soir de notre voyage, dans la chambre de l'hôtel, Joshua m'a confié son petit livre. Il a reçu des messages par l'écriture automatique, qu'un enfant de dix ans ne peut pas inventer. J'ai moi-même de la difficulté à intégrer tous ces enseignements.

– Mais, Mathilde, comment Joshua pourra-t-il vivre une vie normale, comment pourra-t-il traverser l'adolescence et devenir un adulte comme tout le monde, équilibré ?

– Justement, mon ami, Joshua ne sera jamais une personne dite "normale". Pour ce qui est de l'équilibre, je crois qu'il est déjà grandement plus équilibré que la moyenne des gens. Mais ta question sur la traversée de l'adolescence est pertinente, je me la suis aussi posée. Avec la permission de Joshua, je te ferai lire les messages qu'il a reçus des Maîtres de l'invisible ; ça nous aidera tous les deux à l'accompagner et à avancer dans nos plans respectifs d'évolution.

– Mathilde, tu me dépasses, dans le vrai sens du mot ! Mais je suis ouvert ; je ne veux plus jamais me refermer. Je n'ai pas eu d'autre choix que d'enlever mes œillères avec le message de Laurie en plein visage, et je n'ai pas l'intention de les remettre. Dès que tu auras eu le O.K. de Joshua, tu me le dis. On s'installera dans la salle de conférences après les heures de bureau, et on lira ces messages sacrés ensemble. Moi puis la patience…, tu me connais ! Je meurs déjà d'envie d'avoir ce petit livre entre les mains à nouveau. Je ne sais pas si tu es comme moi, mais juste de le tenir m'a donné des frissons partout. Comme un baume sur le cœur et, sans que je ne puisse rien contrôler, les larmes me sont montées aux yeux dès que j'ai pris contact avec ce recueil !

– Je sais ce que tu as senti, Louis, et c'est vrai que c'est indescriptible. »

Elle regarda sa montre…

« Hé, patron…, il est 9 h 13 ! Allez, au boulot. Recentrons-nous, et revenons les deux pieds sur terre, comme disait ma mère ! »

Ils rincèrent leur tasse de café, en riant.

7

Les révélations

Deux jours plus tard, Mathilde entra au bureau, le sourire accroché aux lèvres et les yeux pétillants de joie.

« Ça y est ! dit-elle, en brandissant le petit paquet à bout de bras.

– C'est lui ? C'est *le petit livre de Joshua* ? s'assura-t-il.

– Oui, Joshua n'a pas hésité à nous le confier en me demandant de ne lire avec toi que les trois derniers messages

– Tout ce qu'il voudra, ma chère ; déjà qu'il nous confie ces messages sacrés, je suis enchanté !

– Alors, à cinq heures ?

– À cinq heures, dans la salle de conférences.

– Bonne journée, patron ! Vous plaidez devant le Juge Messier ce matin ! "Le roi des bornés!" Alors je vous suggère de rester bien centré sur votre plaidoyer, car si vous commencez à entretenir le juge sur les manifestations des défunts, vous risquez d'avoir des petits ennuis… » Et ils s'esclaffèrent à l'unisson.

Cette journée leur parut interminable. Mathilde entra dans la salle de conférences où Louis était déjà installé, impatient de lire ces lettres de l'autre monde.

« D'abord, laisse-moi t'expliquer ce que Joshua m'a raconté à propos de ces messages. Il les a reçus spontanément, alors qu'il écrivait dans son petit livre à sa mère. Les trois derniers lui parviennent de trois sources différentes. Le premier est de Laurie, le deuxième d'un enfant décédé qu'il ne connaît pas, et le dernier, de son Ange Gardien. En majeure partie, Joshua ne comprend pas le sens précis des propos, mais il me dit bien entendre dans son cœur ce qu'ils veulent dire pour lui. Il nous invite à lire ces lignes avec notre cœur grand ouvert. Il m'a bien spécifié qu'avec le temps, les messages se décoderont et que nous comprendrons de mieux en mieux leur sens réel. Enfin, je ne sais pas plus que toi à quoi rime tout ça, mais je me dis que nous avons un libre arbitre et que nous pouvons y prendre ce qui nous appartient, maintenant. Qu'en penses-tu, toi, Louis ?

– Écoute, moi je ne pense pas à grand-chose en ce moment, je suis plutôt curieux de prendre connaissance de ces écrits et, après, si tu veux bien, on échangera sur nos opinions. Es-tu libre pour souper ? On pourrait partager notre expérience devant un bon repas…, lui suggéra-t-il.

– Euh… Eh bien, je n'avais pas prévu ce scénario, mais je n'ai qu'à passer un coup de fil à ma gardienne. C'est bon, faisons ça comme ça. Je vais l'appeler, mais tu n'as pas le droit de commencer sans moi, O.K. ?

– Promis ! »

Mathilde reprit son siège près de Louis…

« Tout est correct, dit-elle, allons-y ! Voici un message que Joshua a reçu sur le jumelage des âmes, de l'au-delà à ici-bas. Il nous explique que certaines personnes décédées continuent de communiquer avec une personne de la terre après la mort, pour accomplir leurs missions respectives. Je te laisse le lire… »

Mon petit ange,

Ce soir je t'écris un message que je te demande de ne pas essayer de comprendre et de faire lire aux grands. Tout ce qui compte, c'est que tu laisses ta main suivre le crayon et que tu me laisses écrire, mot après mot, mon message. D'accord ? Tu es prêt ? C'est parti…

Restez allumés…, restez à l'écoute ! Nous pouvons continuer d'évoluer d'une dimension à l'autre. Nous pouvons vous transmettre des outils de guérison pour aider l'humanité ! Nous nous jumelons à vous afin de travailler en équipe. Cela peut être aussi bien une grande amitié qui nous liait sur la terre, que d'une mère à son fils, à sa fille, d'un frère à une sœur, etc. C'est ce que nous appelons une âme jumelle.

Ce que nous vous disons, c'est que, plutôt que de nous pleurer et de vous apitoyer sur notre sort (que vous connaissez très mal en passant), vous devez vous réveiller à la Vie et sortir de notre mort. Allumez votre lampe et recevez, recevez la Lumière, l'Amour, la Force, l'Espoir.

Dieu, dans Son amour infini, nous unit par la foi dans la toute-puissance de l'énergie de la pensée et du cœur.

Cessez de chercher des preuves et faites l'expérience, soyez réceptifs, présents, ici et maintenant. Il y a même parmi nous des Esprits qui peuvent vous inspirer sur la guérison par les plantes, par les médecines naturelles que Dieu, dans sa parfaite création, avait prévues pour nous. Nous pouvons vous inspirer en tout ce qui concerne vos accomplissements, votre créativité et vos rêves. Mais il vous faut d'abord, entrer dans la Vie de notre mort !

Réfléchissez et agissez !

Paix et amour…

Laurie, à votre service !

« Ouf ! fit Louis, c'est quelque chose. Je ne peux pas dire que je capte clairement ce message.

– Laisse-moi le relire. Comme toi, la première fois que je l'ai lu, je n'ai pas compris grand-chose. Mais, attends, je veux le reprendre du début, laisse-moi voir. »

Mathilde lisait à voix haute, rapidement, comme pour réenregistrer dans son esprit et celui de Louis le « sens » de ces paroles. Elle cita d'un ton plus ferme encore :

« *"Nous nous jumelons à vous afin de travailler en équipe."* Qu'est-ce que tu crois qu'elle veut nous dire, Louis ? Que n'importe qui, sur la terre, voulant communiquer avec eux peut le faire ?…

– Eh bien, non, moi je ne le comprends pas comme ça, lui dit-il, réfléchissant. Elle dit : *"Nous* nous jumelons à vous…" C'est plutôt eux qui semblent choisir de communiquer avec nous. Ce que j'entends par là, c'est qu'il ne faut pas forcer ces communications. Elles *viennent* de l'au-delà. Je crois que

Joshua a été choisi par Laurie, pour qu'ils puissent tous les deux accomplir leur mission respective. Je ne sais pas, tout ça est si nouveau pour moi. Continue, on pourra peut-être faire des liens avec la suite.

– Et qu'est-ce que tu dirais, proposa Mathilde, si on n'abordait que ce message pour ce soir et qu'on allait s'asseoir au resto pour continuer notre échange ?

– Excellente idée…, allons-y ! »

Leur table préférée les attendait dans le coin du resto italien. Ils étaient tous les deux agités comme des gamins.

« Vite, on commande l'apéro, et on ressort le petit livre de Joshua, dit-il.

– Parfait…, acquiesça Mathilde, en poursuivant avec enthousiasme. Je n'ai pas perdu le fil, Louis. Ce que tu disais est très intéressant. Ça voudrait dire que tout le monde peut "recevoir" un message de l'invisible, mais personne ne peut le provoquer ou le forcer. Mais crois-tu qu'il y ait des personnes plus sensibles que d'autres à ces manifestations ?

– Du coup, je te dirais que oui… D'ailleurs, je crois que tu es beaucoup plus apte à capter des messages que moi, par exemple.

– Pourquoi dis-tu ça ?

– Mais, Mathilde, après tout ce que tu m'as raconté, c'est clair ! La différence entre Joshua et toi, c'est avant tout que, toi, tu analyses, tu rationalises tout ce que tu reçois, que ce soit en rêve ou en intuition.

– Oui, mais, justement, je ne reçois rien d'aussi révélateur que ce que nous sommes en train de lire. Moi, c'est banal ; c'est juste comme une petite voix qui me dit : "tu es libre, tu es dans la bonne voie, etc."

– Moi, je ne trouve pas ça banal. Je crois que ce que tu essaies de me dire, c'est que tes messages ne te donnent pas, aussi clairement, que ceux de Joshua, *"une preuve"*.

– Touché ! Mais avoue que le message des dauphins, à travers Laurie, est sans équivoque…

– Tu as raison ! Et ce que nous venons de lire ne peut venir de l'imagination d'un enfant de dix ans. »

Ils firent une pause. De façon synchronisée, ils prirent une gorgée d'apéritif, déposèrent leur verre sur la table et se regardèrent, les sourcils relevés, le regard inquisiteur !

Louis, la tête penchée pour mieux réfléchir, se redressa et dit :

« Tu sais, ma grande, cette seule phrase mérite des heures de réflexion. Elle m'incite aussi à me poser une autre question. Est-ce que ça voudrait dire, qu'il y a des êtres qui *choisissent*, dès leur naissance, l'heure de leur départ, pour se jumeler à l'un de nous et venir éveiller leur famille, leur pays ou l'humanité toute entière ?

– Tu n'y vas pas de main morte avec tes questionnements, toi, Louis ! Est-ce que ce serait ça qu'on pourrait appeler "notre destinée" ? Se pourrait-il, aussi, que ce soit bien avant notre naissance que ce choix se fasse ?

– Hum…, cette notion de "choix" pourrait changer bien des comportements dans notre vie, je pense. Admettons que nous ayons "choisi", consciemment, tout le scénario de cette incarnation – nos parents, l'époque à laquelle nous naissons, notre carrière, nos amis, nos épreuves, nos réussites, nos croyances, notre religion et même l'heure de notre retour dans le monde des esprits… Tu imagines ce que tout cela représente comme responsabilité ?

– Ça voudrait dire que nous avons la responsabilité d'être conscients, c'est-à-dire de se souvenir ! Mais est-ce que "destin" signifie "fatalité" ?

– Je ne comprends pas ta question…, fit Louis.

– Est-ce que le scénario que nous avons choisi est coulé dans le béton, et qu'il n'y a aucun moyen de le modifier ? Autrement dit, crois-tu que tous les événements de notre vie sont inévitables et qu'on a pas le choix de ne pas les vivre ? lui demanda-t-elle, anxieuse de trouver une réponse à cette question angoissante.

– Eh bien, écoute…, on vient de dire qu'on a le pouvoir de choisir d'être éveillé ou de dormir. Alors, à partir du moment où nous sommes conscient que nous nous créons, de toutes pièces, les rencontres, les événements, les échecs et les réussites de notre vie, j'imagine que nous avons le pouvoir de négocier avec le metteur en scène. Qu'en penses-tu ?

– Et c'est qui le metteur en scène, d'après toi ? »

Louis réfléchissait ; son regard méditatif sondait profondément son intelligence innée. Il fut surpris lui-même de s'entendre répondre :

« C'est nous-même, Mathilde !

– *Nous-même ?*…, fit-elle, choquée et déçue de cette réponse!

– Ouais, je crois que *nous* sommes le metteur en scène, l'acteur, l'éclairagiste, le directeur et le spectateur de la pièce que *nous* avons choisie de "jouer" !

– Et Dieu, dans tout ça ? J'étais certaine que tu allais me répondre que Dieu est en charge de notre destinée, de nos souffrances et de nos joies, de notre naissance et de notre mort. C'est ce que ma mère disait toujours : "le bon Dieu viendra nous chercher comme un voleur...", ou : "le bon Dieu te punira si tu racontes des mensonges".

– Tu sais, Mathilde, je ne possède pas la vérité, et peut-être que je suis complètement "à côté de la *track*", mais c'est mon cœur qui parle en ce moment. Je me dis que Dieu, dans son amour infini, ne peut vouloir que le meilleur pour nous, Ses enfants. Je ne crois pas en un Dieu punisseur et voleur. Je crois en Dieu comme je crois en la vie et en l'amour. Dieu est Esprit et nous sommes tous Esprit. Donc, nous faisons Un avec Lui. Justement, écoute ce qui suit dans le message de Laurie : *"Dieu, dans Son amour infini, nous unit par la foi en la toute-puissance de l'énergie de la pensée et du cœur."*

– "Fiou !" fit Mathilde..., on en a encore pour des heures, juste sur ce passage ! »

Louis, passionné par cette conversation, s'aperçut soudainement qu'ils n'avaient pas encore jeté un œil sur le menu... En riant, il dit à Mathilde :

« Tu as raison, mais avant de continuer, si on commandait !

– J'ai une faim de loup, dit-elle en plongeant dans le menu. Cet échange me travaille l'intérieur, tu ne peux pas savoir.

– Oh oui ! je peux savoir. C'est pareil pour moi ! C'est comme si nous nous retrouvions, toi et moi, après un très long voyage dans d'autres mondes, et que nos mémoires s'éveillaient. On raconte peut-être n'importe quoi, mais une petite voix intérieure me dit que nous puisons dans nos archives et que, du fait que nous ne mettions ni barrière ni jugement, les réponses émergent de notre for intérieur. Tu sais, ce qu'on entend souvent…, les réponses sont en toi !

– Oui, je sais, et tout à l'heure, lorsque le serveur te demandera ce que tu as choisi, tu auras affaire à trouver la réponse en toi. Alors, inspire-toi donc un peu du menu, tiens ! »

Ils éclatèrent de leur rire complice…

« Tchin-tchin ! Allez, choisissons ! »

Après avoir commandé, Louis s'approcha de Mathilde et prit sa main entre les siennes.

« Je veux que tu te souviennes de ce moment très long-temps. Tout ce qui sort de ma bouche ce soir ne vient pas de mon ego. Je ne sais pas trop ce qui m'arrive, Mathilde, c'est comme si une voix du tréfonds de mon âme parlait à ma place. Il se passe quelque chose de très important, mainte-nant. Et je veux que tu retiennes, que tu archives cet échan-ge, tu comprends ?

– Euh…, oui…, répondit-elle, inquiète. Mais tu me par-les comme si nous ne devions plus nous revoir, Louis. »

La rassurant, il lui tapota la main et lui dit :

« Mais non, Mathilde, ce n'est pas dans ce sens-là que je te demande de te souvenir. Je ne sais pas, c'est simplement un besoin que je ressens de te dire : n'oublie pas, n'oublions plus… »

Ce soir-là, Mathilde éteignit sa lampe, s'allongea et fer-ma les yeux, en s'imprégnant de chaque instant de cette soi-rée. Elle réalisa à quel point les messages que captait Joshua étaient puissants et remplis de sagesse. Une sérénité enve-loppait son cœur et son esprit. Elle repensa aux paroles de

lumière qui étaient sorties de la bouche de Louis. Le message de Laurie les avait réunis, au-delà de la relation humaine. Elle le voyait vraiment comme un rendez-vous d'âme à
âme. *J'avais la plus belle occasion de lui parler de ce rêve qui nous
concernait tous deux…*, se dit-elle. Il était trop tôt, elle n'était
pas prête.

❖ ❖ ❖

Dix jours plus tard, Mathilde et Louis s'étaient donné
rendez-vous pour le petit-déjeuner, afin de dévoiler le
deuxième message livré à Joshua, celui d'un petit garçon
décédé. C'était un samedi matin ; Mathilde venait de reconduire Joshua à sa répétition de chorale, et ils avaient une
bonne heure et demie devant eux pour déballer ce deuxième
cadeau.

Louis rejoignit Mathilde dans le coin du petit café. Il lui
fit la bise, commanda son espresso allongé et s'installa, prêt
pour la lecture.

« J'ai pris un peu d'avance, dit Mathilde. En t'attendant,
j'ai déjà pris connaissance de ce merveilleux message, très
touchant en passant.

– J'ai l'air un peu pressé, dit Louis, mais c'est que nous
n'avons pas beaucoup de temps ce matin, et je ne voudrais
rien manquer de ce partage. Alors, tu permets ?…, et il
tendit la main.

– Bien sûr, Louis. Tiens… »

Elle lui confia le précieux recueil. Un simple petit livre
de cuir, gravé à l'encre dorée, qui allait changer leur vision
de la mort et de la vie. Louis essuya ses lunettes et se mit à
lire.

ALLÉLUIA !

La joie de nos cœurs d'enfants brille comme des milliers d'étoiles réunies, assemblées en une couronne scintillante de lumière, ornée d'or et de diamants, posée sur ta tête, petit Joshua, notre messager d'amour. Nous venons remplir le cœur de nos mamans et de nos papas de la terre.

Je m'appelle Frédéric, le porte-parole de mes amis du jardin des Enfants de Lumière. C'est avec l'aide de Kamille et Mélanie que nous avons appris à communiquer avec la terre pour donner à nos parents l'espoir et la certitude qu'on va se revoir, que nous ne sommes pas morts et surtout que nous sommes heureux dans la Lumière !

Notre amour pur et inconditionnel est tout-puissant et, au-delà du visible, nous opérons un travail de conscience et d'évolution pour votre planète.

Les humains ne veulent pas penser à la mort d'un enfant car c'est, pour eux, au-dessus de leurs forces d'imaginer leur enfant dans la mort. N'oubliez pas que vous avez suffisamment de force en chacun de vous ; et nous, les enfants, dans le passage de la vie, nous n'avons besoin que de cela : « Amour, réconfort, foi ». Nous avons besoin de ces mêmes énergies dans la mort.

Nous entendons vos pleurs et vos lamentations, et notre compassion vous berce à chaque instant. Plusieurs mamans demandent à leurs petits-enfants décédés de venir les chercher, de les aider à se relever, de les guérir de leur dépression. Nous voulons tant vous aider, mais nous n'avons pas le pouvoir de faire ressusciter les corps de la mort physique. Vous ne pouvez recevoir notre aide, ni l'aide de Dieu, ni de personne sur la terre, si vous ne vous accueillez pas dans le deuil. Si vous choisissez de vous garder dans la croyance que Dieu vous a enlevé votre enfant, ou dans la perte d'estime de vous-même, dans la culpabilité et l'ignorance, nous ne pouvons rien faire pour vous aider à vous relever. Chères petites mamans et chers papas en détresse, séchez vos larmes amères et rappelez-vous que l'enfant qui pleure, ce n'est pas votre petit garçon ou votre petite fille au Paradis…, c'est la voix de l'enfant à l'intérieur de vous qui cherche votre amour et votre attention. Il y a longtemps que vous vous êtes séparés de la petite fille ou du petit garçon que vous avez déjà été. C'est cet enfant en vous qui a la clé de votre guérison.

« Ouvre-moi ta porte, pour l'amour de Dieu. »

Petite maman chérie, mon papa adoré, je vous aime, je vous bénis et je caresse votre doux visage! Nous sommes UN !

Soyez heureux, c'est le cadeau de la vie que vous pouvez nous offrir !

Et voilà que Joshua avait invité son visiteur à une conversation…

— C'est au sujet de ton âge, Frédéric ! Au jardin des Enfants de Lumière, vous êtes réunis dans vos corps d'enfants, mais tu parles comme une grande personne. Peux-tu m'expliquer comment ça fonctionne, l'âge, après la mort ?

— C'est une belle question, Joshua. Nos parents se demandent souvent quelle forme nous habitons au Paradis, et si nous avons encore l'âge mental d'un enfant. Moi, j'avais cinq ans quand je suis décédé de la leucémie. Mais, ici, je te dirais que je n'ai pas d'âge au niveau de l'Esprit. Nous sommes, comme vous, des âmes qui vivons depuis des mil-

lénaires. Notre apparence est celle dont nous avons besoin pour notre mission. Dans les jardins du Paradis, nous revêtons la forme et la fréquence vibratoire qui nous permet d'entrer en communication avec les membres de notre famille d'âmes. C'est pour cela que, lorsque nous venons à travers un canal, comme toi, nous revêtons notre corps de Lumière ayant l'apparence de notre corps physique, lors de notre dernière incarnation. Parfois, nous venons nous manifester à nos proches sous forme d'une lumière blanche, semblable à une étoile très brillante, très douce; et cette lumière, c'est la concentration de notre amour, comme une étincelle de notre cœur à votre cœur, pour guérir la blessure de notre départ. Parfois, aussi, nous nous manifestons sous forme de courant d'air ou par une odeur de fleurs ou de parfum.

Pour ce qui concerne notre intelligence, il s'agit de l'intelligence innée, c'est-à-dire notre âme, qui s'exprime. Notre forme humaine et l'ego étant soustraits de nos corps subtils, nous sommes directement connectés à la Source.

– Frédéric, cet échange est passionnant... Je dois partir pour l'école ! Merci, c'était super; tu es un ange formidable !

– Merci à toi, petit Roi Joshua..., je t'aime et, un jour, quand tu rentreras au jardin des Enfants de Lumière, tu me reconnaîtras. Un jour, Joshua, tout le monde se reconnaîtra !

Louis se tenait la tête à deux mains, tellement l'ampleur de ce message le bouleversait. Tout au long de cette lecture, quelques larmes avaient glissé sur son visage. Il n'avait même pas tenté de les cacher. La candeur et la lumière de Frédéric lui rappelaient le bonheur que lui apportaient ses enfants. Mais, au-delà de ce sentiment, un phénomène bizarre s'empara de lui. Comme si des souvenirs occultés se révélaient graduellement à sa mémoire. Ce n'était pas clair, il ne comprenait pas les raisons qui le faisaient réagir aussi vivement à l'énergie de l'auteur et de son message.

Il le relut une deuxième fois, pour intégrer, du mieux qu'il pouvait, le sens profond de cette vie, presque devenue tangible, de l'autre côté de la mort.

Il demeura songeur quelques instants... Il regardait Mathilde, qui relisait à son tour. Brusquement, un vertige monta en lui, comme si la vibration de ces propos venait le déstabiliser complètement. Il but d'un trait le grand verre d'eau qui gisait là sur la table. Progressivement, une sensation de lourdeur lui écrasait la poitrine. Il se massa discrètement afin de ne pas inquiéter Mathilde. Il s'excusa et se rendit à la salle d'eau pour s'asperger le visage. Cramponné au lavabo, Louis regardait son visage pâli et ses yeux voilés dans le miroir. Il sentait qu'il allait s'évanouir. Puis, c'est toute sa tête et sa nuque qu'il humecta à plusieurs reprises. Après quelques instants, il se sentit un peu mieux et alla s'asseoir sur le siège de la toilette pour récupérer ses forces. Il inspirait profondément et expirait avec énergie. Louis était guidé de l'au-delà. Sans le savoir, intuitivement, il pratiquait une technique d'auto-hypnose, de régression. Et c'est à ce moment-là qu'il revit la scène de ses quatre ans. La mémoire qui avait déclenché en lui toute cette réaction refaisait surface.

Le contact avec ce souvenir lui parut se dérouler pendant une demi-heure, tandis qu'il s'était révélé à son esprit en l'espace de deux ou trois minutes. Et c'est alors qu'il entendit :

« Louis..., Louis, ça va ? Louis, réponds-moi... »

Rapatriant ses forces et ses esprits, Louis répondit d'un ton rassurant :

« Oui, oui, tout est beau, Mathilde, j'arrive... »

Il prit place à la table, l'air décontracté, mais son teint et ses yeux trahissaient ce faux-semblant. Mathilde vérifia à nouveau :

« Ça va ? lui demanda-t-elle en lui posant la main sur le bras.

– Eh bien, cette fois, belle amie, je t'avoue que le message m'est rentré dedans ! C'est étrange, c'est comme si, pendant quelques secondes, j'avais eu l'impression de connaître Frédéric et Joshua depuis si longtemps, et je me suis senti tout à fait comme un gamin de quatre ans. J'avais l'impression merveilleuse d'être l'un d'eux, à l'état pur, sans égratignure, dans la connaissance et la sagesse parfaite. C'est l'eau froide qui m'a ramené dans mon corps d'adulte. J'ai eu une vision, mais je ne me sens pas capable d'en parler maintenant. Je crois que je ne pourrai pas déjeuner, je me sens un peu faible. »

Mathilde posa sa main sur le visage de son ami, sans penser à rien, comme pour lui redonner des couleurs et de l'énergie. Au contact de la douceur de ce geste, Louis se mit à pleurer comme un enfant. Mathilde regardait, inconfortable, autour d'elle. Quelques curieux regardaient Louis, les sourcils inquisiteurs. Elle les rassura d'un faible sourire. Attrapant sa serviette de table, Louis épongea son visage et, d'un clin d'œil, rassura Mathilde.

« Préfères-tu qu'on s'en aille ? demanda-t-elle.

– Non, restons, si tu veux bien. Je n'aurai peut-être pas grand-chose à dire. Je ne veux pas éparpiller cette sensation de grâce que je ressens, si tu comprends ce que je veux dire. Mais juste ta présence, le message qui est là sur la table, c'est parfait.

– Je vais commander, si ça ne te dérange pas. Moi, c'est l'inverse, ces prises de conscience m'ouvrent l'appétit…

– Je te dirais, Mathilde, que ce que je viens de vivre est plus qu'une prise de conscience. J'appellerais ça, un *contact* avec la conscience – un saut dans le temps, dans une vie parallèle. »

Louis demeura longtemps songeur. Il semblait baigné dans une forme de béatitude, d'où Mathilde n'osait le sortir. Lorsqu'elle eut avalé la dernière bouchée de son délicieux croissant au chocolat, Mathilde s'aventura :

« Eh bien, dis donc, mon ami, il t'a vraiment bouleversé, celui-là !

– Tu peux le dire, je suis un peu déstabilisé, mais je reviens tranquillement. Je suis émerveillé, Mathilde. Joshua est vraiment un être d'exception, il a une grande mission et, du coup, toi aussi. Tu sais, je n'ai jamais eu peur de la mort et, ce matin, je viens de comprendre pourquoi… Je viens de me souvenir, tout vient de basculer. Un jour, je te raconterai. Pour l'instant, j'ai besoin de décanter tout cet épisode si important de ma vie. Je suis désolé de ne pouvoir être plus clair… »

Elle l'interrompit :

« C'est correct, Louis, je comprends, ne t'en fais pas. Repose-toi maintenant. Je crois que tu viens de vivre une régression. Je ne connais pas grand-chose à ce sujet mais, à te voir, j'ai le sentiment que tu viens de toucher à des sphères de haut niveau de conscience. Alors, reste tranquille et surtout ne te préoccupe pas de moi, veux-tu ?

– Nous pourrons nous revoir pour partager le message de l'Ange Gardien, si tu veux ? proposa Louis.

– Eh bien, sais-tu, j'y ai jeté un coup d'œil rapidement. C'est un court message qui s'adresse à chacun de nous de façon très personnelle. Je nous en ferai chacun une copie. Pour ma part, j'essaierai de décoder ce qu'il veut me dire à moi d'abord. De ton côté, tu pourras aussi l'intégrer à ton rythme et, lorsque nous en aurons envie, nous le partagerons. Ça te va ?

– Parfaitement. Je crois que nous sommes arrivés à un stade où il est important de laisser s'installer la nouvelle vision en nous. Nous traversons tous les deux une phase importante de notre vie…, j'allais dire de *nos vies*…», échappa-t-il.

Mathilde eut froid dans le dos… *C'est ma chance*, se dit-elle.

« Crois-tu aux vies antérieures, Louis ? dit-elle d'un ton maladroitement désintéressé.

– J'aimerais en avoir la certitude plutôt que d'y croire. Je ne sais pas grand-chose sur ce phénomène. Mais, après l'expérience de ce matin, une chose est claire pour moi…, cette vie n'existe pas que sur un seul plan.

– L'autre nuit, j'ai fait un rêve ! risqua-t-elle.

– Ah oui ? Un rêve prémonitoire ? demanda Louis, curieux.

– Non, je dirais plutôt un voyage dans le temps. Enfin, rien d'important, je disais ça comme ça. »

Mathilde regrettait de s'être aventurée sur un terrain aussi glissant. Après les émotions que Louis venait de vivre, elle se trouvait bien maladroite d'amener ces propos sur la table.

«Je t'en prie, ne me laisse pas en suspens…, raconte ! »
la supplia-t-il.

Elle rougissait, elle ne savait plus comment introdui-
re cette histoire. Il lui prit soudainement, la tentation d'inventer un autre rêve. Mais Louis la connaissait trop bien…,
elle ne s'en sortirait pas. Elle lui raconta alors le rêve qu'elle
avait fait d'un couple qui vivait heureux, et d'une femme qui
brodait le trousseau de baptême de l'enfant qu'elle portait. Elle raconta, de la façon la plus neutre possible, que la
femme mourut en donnant naissance à son petit garçon, et
parla du père très bon qui s'occupa de l'enfant, de l'amour
sans borne qui unissait ce couple. Elle en fit une histoire abrégée et banale, sans y mettre la moindre émotion et,
surtout, sans rien suggérer pouvant faire en sorte que Louis
reconnaisse les personnages en cause.

« C'est un bien triste rêve, dit Louis. Et est-ce que
l'homme, dans ton rêve, s'est remarié ?

– Non, pas que je sache. Si oui, je n'ai pas assisté au mariage, je me suis réveillée trop vite…, dit-elle à la blague, en
riant nerveusement.

– Et tu n'as pas vu non plus si cette femme était revenue
vers lui, dans une autre vie, après ? demanda-t-il d'un ton
légèrement provocateur.

– Non, non…, rien de tout ça. Je ne sais pas vraiment
pourquoi je t'ai raconté ce rêve, c'est idiot.

– Peut-être pour te rappeler qui nous sommes,
Mathilde ?

– Ah! Non…, peut-être…, je ne sais pas…

– Bien sûr que tu sais, et tu sais très bien aussi que je ne m'étais pas remarié et que j'ai pris un soin jaloux de Joshua, et que je lui ai consacré ma vie. Tu sais très bien, mieux que moi encore, pourquoi j'ai réagi aussi fort à ce message, ce matin. »

La jeune femme, démasquée, ne voulait plus l'entendre. Son regard suppliait Louis de se taire. Jusqu'où allait-il l'amener ? Jamais elle n'avait autant regretté de s'être ouvert la bouche ! Elle avait honte, elle s'excusa.

« Oublie tout ça, Louis, O.K. ? C'est un rêve, rien d'autre, je suis désolée… »

Louis l'interrompit ; lui posant la main sur l'épaule et la laissant glisser le long du bras, il lui dit :

« N'oublions plus jamais, veux-tu ? Tu te souviens, ce que je t'ai demandé, l'autre soir ? Merci d'avoir eu le courage de me raconter ce rêve très signifiant pour nous deux. Maintenant, nous comprenons la force d'attraction qui nous lie. N'aie pas peur, Mathilde, tout est correct dans le grand plan. »

Louis parlait d'un ton calme, et sa voix chaude enveloppait Mathilde des souvenirs de leur amour lointain, mais si présent. Mais, au fond de lui, le pauvre homme était terrorisé à la pensée de perdre Mathilde à nouveau. Maintenant qu'ils avaient ouvert le grand livre des souvenirs, allaient-ils pouvoir continuer de travailler ensemble, de garder cette distance surnommée l'amitié, et préserver leurs sentiments.

« Pourquoi nos routes ne se sont-elles pas croisées avant… », murmura-t-il.

Ces mots s'échappèrent de sa bouche en sourdine. Mathilde était secouée. C'était à elle maintenant de se sentir faible. Il fallait qu'elle sorte de ce café au plus vite ; elle voulait courir, partir sans un mot de plus. Sa montre affichait 11 h 11, elle était sauvée.

« Oh mon Dieu ! Je vais arriver en retard pour Joshua. Sa pratique finit à onze heures. Si tu veux bien régler, je te rembourserai, je dois me sauver. Merci, c'était très agréable… À lundi ! Euh…, où sont mes gants, ma bourse… »

Elle fuyait de tout son corps ce moment qui venait de changer pour toujours sa relation avec Louis. Elle démarra sa voiture en assénant le volant de coups de poings…

« Idiote, imbécile, conne, je te hais, Mathilde, tu es la pire innocente que j'aie connue !… »

Et elle embraya pour partir, les yeux noyés de chagrin et de rage. Comment pourrait-elle arriver à se pardonner une telle bévue ?

Louis, sur le seuil de la porte du café, attendait, au cas où elle ferait marche arrière. Il avait quelque chose d'important à lui dire.

Le lendemain matin, Mathilde s'appliquait des compresses d'eau froide, espérant voir ses paupières se dégonfler. Mille questions tourbillonnaient dans son esprit. Le petit livre de Joshua reposait sur sa table de chevet. Elle l'ouvrit pour y lire le troisième message. Celui de l'Ange Gardien. Elle ferma les yeux, posa la main sur son cœur et demanda à son Ange Gardien de l'éclairer à travers ce message… Elle lut :

LA LUMIÈRE EST EN TOI

Le Plan est parfait !

Ne force rien…

Rencontre tes responsabilités

Réévalue tes priorités

Ton cœur est fatigué, car tu ne l'écoutes pas

Entre ! recentre-toi, agis !

Le désordre est néfaste.

Sois clair avec toi-même.

Laisse Dieu agir.

PAIX & AMOUR

« Mais qu'est-ce que ça veut dire, le Plan est parfait. Maudit Plan, il n'est pas parfait du tout, c'est l'enfer. Je vais perdre mon emploi, je vais perdre l'amitié de Louis, je vais mourir… »

Et elle se jeta sur son lit, pleurant tout son saoul. La petite voix retentit, comme un écho de ses sanglots :

« Ne pleure pas, petite Mathilde, je suis avec toi et je t'aime.

– Bien sûr, tu es là, et tu as une bien belle voix, mais je suis fatiguée d'entendre et de ne rien voir. Montre-toi donc pour une fois…

– Tu n'as qu'à ouvrir les yeux, dit la petite voix. »

Prudemment, Mathilde ouvrit un œil et puis l'autre… Rien.

« Tourne-toi, regarde, je suis juste là, à côté de toi ! »

Elle se retourna pour apercevoir, au-dessus de son visage, le regard brillant et les boucles noires de Joshua. À travers ses sanglots, elle ne l'avait pas entendu entrer dans la chambre. Elle l'entoura de ses bras épuisés et se dépêcha de le rassurer...

« Maman est juste fatiguée, Joshua, ce n'est rien !

– Tu n'es pas fatiguée, tu as de la peine et c'est pas grave, moi je t'aime quand tu ris et quand tu pleures. »

L'intuition aiguisée de Michelle lui avait fait aussitôt ressentir le malaise de Louis, quoique, cette fois, elle n'arrivât pas à sonder son cœur. En rentrant de son petit-déjeuner avec Mathilde, il était allé s'allonger sur son lit, ce qu'il faisait très rarement, sauf lorsqu'il était malade.

Inquiète, sa femme ne le questionna pas. Lorsqu'il se releva, Louis l'invita à s'asseoir sur le canapé et lui dit :

« J'ai besoin de te parler, de t'ouvrir mon cœur, Michelle.

– Tu m'inquiètes, mon amour..., qu'est-ce qui ne va pas ?

– Tout va bien, ne t'inquiète pas. Il s'agit plutôt d'un changement intérieur et de prises de conscience très profondes, qui me déstabilisent. Je me sens mêlé, Michelle. Je fais le bilan de mon existence et je réalise à quel point je suis choyé. Je suis à l'apogée de ma vie à tous les niveaux. Toi, les enfants, cette magnifique maison que nous avons fait construire, ma pratique qui ne peut se porter mieux. Je repense à la voile, à tous ces moments magiques que nous vivons sur l'eau, tous les quatre. Le spectacle enchanteur des levers et des couchers de soleil. La beauté de la vie, la grandeur de l'amour qui nous unit. Et Joshua, cet être extrasensoriel, qui nous apporte une vision infinie de la vie. J'avais délaissé Dieu, tu le sais, depuis longtemps. Mais, ce matin, c'est comme si j'étais tombé dans Ses bras et que je faisais un avec Lui. Pour un moment, le temps s'est arrêté, plus rien n'était grave, ni important. Tout était parfaitement dans l'Ordre. Tu vas croire que je suis devenu fou, pauvre Michelle. Je sais que tu ne comprends pas ce qui m'arrive… »

Elle l'écoutait, avec un léger sourire de compassion, le regard posé sur son âme.

« Tu as raison, je ne sais pas ce que tu as vécu pour arriver à cet état d'âme. Mais je suis loin de croire que tu deviens fou. Je crois que "tu deviens", tout simplement, *toi*. Tu sais, Louis, je me suis toujours retenue de te faire part des découvertes, des lectures et même des expériences que j'ai vécues en consultant quelquefois une médium. J'ai toujours voulu respecter ton rythme de croisière. Comme sur le voilier, nous faisons équipe. Alors, pour moi, c'est toujours très important de savoir que nous avançons côte à côte, et non l'un à travers l'autre. Je vis avec toi, et non par toi. Ma quête spirituelle a commencé lorsque j'étais encore très jeune. C'est à l'université que j'ai compris à quel point ma vocation auprès des enfants était avant tout une mission. Un jour, j'ai mis la main sur un petit livre, très discret, à la bibliothèque de l'université. C'est l'image d'un coucher de soleil qui m'a d'abord attirée, et ensuite le titre, *La mort est un nouveau soleil* par Élisabeth Kübler-Ross. Ce livre a ouvert mon coeur à la vie, et j'ai pris conscience de la mort en tant que passage.

«Je sais qu'avec Mathilde et Joshua tu découvres, en quelque sorte, ce que j'ai découvert dans ce premier pas vers l'autre côté de la vie. Et je suis si heureuse de te voir entrer dans cette lumière, mon bel amour. »

Ils s'étreignirent tendrement. Louis était, une fois de plus, émerveillé par l'intelligence et l'ouverture d'esprit de cette femme. Il prit conscience de son amour pour elle et pour Mathilde à la fois. Il se dit : *L'amour ne peut être exclusif, car il est infini et inconditionnel. Ce qui est exclusif, c'est l'engagement…* Cette réflexion lui apporta une grande paix.

« Merci d'être qui tu es, Michelle. Merci de tous ces moments de bonheur et de toutes les querelles que tu as bien voulu partager avec moi. Merci pour nos enfants pleins de vie, de santé et de lumière. Merci, la Vie, je suis un homme comblé.

— Eh bien, dis donc…, on dirait que tu es en train de me faire tes adieux, toi, là ! dit-elle en riant et en espérant qu'il contredise cette idée folle.

— Chaque jour, nous devrions vivre comme si c'était le dernier. Faire le bilan, remercier, apprécier, goûter pleinement le moment présent. Je ne te fais pas mes adieux, je t'aime et j'ai une envie folle de te faire l'amour. »

Il ne pouvait être plus rassurant ni plus romantique…, exactement comme elle l'aimait. Elle s'abandonna à son invitation, tendrement et passionnément.

« Tu es mon âme-soeur, Louis…, lui chuchota-t-elle à l'oreille !

— Je le sais, mon ange, et maintenant…, laisse-moi t'amener au septième ciel ! »

Cette nuit-là, l'insomnie rattrapa Louis à nouveau. Il regarda l'horloge, il était 2h43. Michelle dormait paisiblement et la tranquillité de la nuit berçait leur foyer. Il se leva, s'arrêta devant la porte de la chambre de son fils, la poussa doucement et s'agenouilla près de son lit. Sébastien, au doux visage de l'enfance, rêvait, quelque part là-haut, des rêves fantasmagoriques. Sa respiration était presque inaudible et la Paix était inscrite sur son front détendu. Louis passa doucement sa main sur la tête de son petit homme et le bénit. « Je serai là pour toi, petit…, où que tu sois, je t'aime tant ».

Il s'achemina ensuite vers la chambre de sa princesse Julie. Elle dormait comme un bébé, sur le dos, les mains au-dessus de sa tête. Elle souriait dans son sommeil. *Elle doit rêver au prince charmant*, se dit Louis. « Comme tu grandis vite, princesse ! Comme tu es belle ! L'ange n'est jamais séparé de toi, ma petite Julie… Je ne t'abandonnerai jamais, je guiderai tes pas, je suivrai ta vie de près. Je t'aime, mon trésor… »

Assis dans son fauteuil, les yeux levés vers le ciel, Louis sentit monter en lui le besoin d'écrire, de mettre sur papier la vision de ce passage de sa vie, qu'il avait contactée ce matin-là, au café.

Chère Mathilde,

Je te sais bouleversée par ce qui s'est passé hier matin. J'espère que tu te remets de toutes ces émotions et, je t'en prie, ne t'inquiète pas pour notre relation, elle restera intacte, car je suis certain que nous avons la sagesse de préserver cette amitié précieuse qui nous unit. Ne t'inquiète pas non plus pour ton poste, tu es indispensable pour moi et rien ne viendra changer quoi que ce soit dans l'atmosphère au bureau. Je m'empresse de te rassurer, car je sais que l'événe-

ment d'hier matin est venu remuer de grandes émotions en toi. En tout cas, il en fut ainsi pour moi.

Que nous ayons reconnu qui nous avons été l'un pour l'autre dans le passé ne fait que rendre notre relation encore plus riche, Mathilde. Je sais que, pour toi, c'est plus difficile à concevoir, puisque tu vis seule et que tu as en quelque sorte renoncé à l'amour. Je dis que je sais, mais peut-être que je me leurre complètement.

Je t'aime de tout mon être, Mathilde, tu es une femme très spéciale et unique à mes yeux, et je serai toujours là pour toi. J'ai pu, hier soir, faire le point aussi avec Michelle, face à mes sentiments pour elle. Je l'aime d'un amour profond et je respecte mon engagement auprès d'elle et de ma famille. Mon coeur contient tellement d'amour que je ne peux pas me priver de le rayonner partout autour de moi. J'espère que tu arriveras à recevoir tout ce que j'ai à t'offrir en amitié, et que tu pourras aller de l'avant et accueillir l'amour engagé d'un homme qui saura t'aimer comme tu le mérites. Tu donnes tellement, chère Mathilde ; la vie te rendra multiplié tout cet amour, j'en suis convaincu.

Ce matin, dans la salle de toilettes du restaurant, j'ai vécu une régression, comme tu dis. Non pas d'une vie antérieure, mais d'un événement antérieur, dans cette vie-ci. Je suis prêt maintenant à te le raconter.

C'était lorsque j'avais quatre ans. Mon père et mon oncle m'avaient amené, par un beau dimanche après-midi, à la pêche au « Pont Rouge ». Ce pont couvert est l'un des derniers qui restent au Québec. C'est un endroit merveilleux, où le courant de la rivière amène des bancs de truites en abondance. Ce jour-là, je me sentais comme un « grand ». Je marchais entre mon père et mon oncle en faisant de

grands pas, ma petite casquette sur la tête, mes petites bot-
tes de caoutchouc et ma canne à pêche sur l'épaule…, je me
sentais à deux pas du Paradis.

Nous nous étions installés sur la berge, à un endroit où tout
était parfait pour nous accueillir. Une grande roche plate
pour déposer nos victuailles et nos équipements, de grosses
pierres rondes qui nous servaient de petits bancs pour pê-
cher. De magnifiques érables, des pins et un chêne filtraient
parfaitement le soleil, pour notre plus grand confort. Le
souvenir que je garde de ce moment est un souvenir de
bien-être, de fierté, de bonheur pur et simple.

À un certain moment, mes petits besoins naturels se firent
sentir. Mon père me prit par la main et me conduisit sur la
petite butte au-dessus de la berge, derrière un arbre, il m'ins-
talla discrètement pour que je puisse me soulager sans gêne.
« Je serai juste en bas, avec oncle Pierre, fit-il ; dès que tu
auras fini, tu nous rejoins, d'accord ? » Bien sûr…, mais
lorsque j'eus terminé, je vis tout près de moi un petit lièvre
qui me regardait. Je l'approchai, croyant que je pourrais
l'attraper comme mon chat. Il fit trois bonds, s'arrêta et me
regarda, me défiant de m'emparer de lui. Je ne pouvais re-
fuser l'offre d'un jeu aussi amusant, en pleine nature, avec
cette petite bête que j'avais baptisé « ti-lapin ». Mais voilà
que je m'éloignais de la berge et que mon père trouvait que
je tardais à les rejoindre. « Louis…, Louis…, cria-t-il ».
Obnubilé par mon ami aux longues oreilles et aux pattes à
ressorts, je ne répondis pas. Mon père laissa tomber sa ligne
à pêche et courut sur la butte pour me chercher. Je n'y étais
plus. Je courais à pleines jambes derrière « ti-lapin ». Sans
le savoir, le petit filou me guidait droit vers la rivière, en
contrebas. Je glissai dans la boue, jusqu'à me retrouver tête

première dans l'eau, entraîné par le courant puissant d'un lendemain d'orage.

Mon oncle Pierre était sur le point de monter rejoindre mon père dans sa recherche, lorsqu'il vit passer ma petite casquette bleue ! Où étais-je..., devant, ou derrière la casquette ? Il cria à mon père de le rejoindre, que j'étais tombé dans la rivière.

Pendant ce temps, mon corps était ballotté par la rivière déchaînée. Je tourbillonnais dans cette force de vie, qu'est l'eau. Je me sentis tout à coup euphorique. Le bien-être était le même que lorsque j'habitais dans le sein de ma mère. C'était merveilleux, Mathilde. Là, j'étais à un pas du Paradis. Je voyais la Lumière entrer dans l'eau, me rejoindre, me toucher et m'envelopper. Je souriais à la mort, comme on sourit au Père Noël quand on est un enfant. On le regarde droit dans les yeux le plus longtemps possible, parce qu'on sait qu'on ne le reverra pas avant une longue année. Je regardais la mort comme ça, comme si c'était un moment magique qui ne venait qu'une fois dans notre vie.

Les anges et les enfants des Jardins de Lumière chantaient des chants joyeux et me montraient, par des feux d'artifices, le chemin vers ma demeure.

Tout à coup, un homme très grand, habillé d'une tunique blanche, vint à ma rencontre, à travers l'allée que formaient, de leurs feux, les êtres de lumière. Les mains derrière le dos, il s'adressa à moi, sérieusement mais, tout de même, gentiment. Ramenant ses mains vers l'avant, il me tendit un objet que je ne reconnus pas tout de suite :

« Bonjour petit Louis, est-ce que cette casquette t'appartient ?

– Oh ! ma casquette…, dis-je, en vérifiant sur ma tête pour réaliser qu'elle n'y était plus. Bien sûr, j'ai dû la perdre dans le courant ! Mais où suis-je ? Et qui êtes-vous ?

– Tu es à "un petit pas du Paradis" ! Moi, je suis ton Ange Gardien…, je veille sur toi depuis le tout premier jour de ta vie dans cette incarnation.

– Et où est mon papa ? dis-je, soudainement inquiet…

– Ton papa et ton parrain, oncle Pierre, te cherchent dans les eaux de la rivière. Regarde », dit-il.

Sur un immense écran, une séquence se déroula. Je voyais mon cher papa qui hurlait, nageait, plongeait sous l'eau, me cherchant partout désespérément. Et mon oncle Pierre l'imitait, tremblant à l'idée de ne pas me retrouver.

« Papa, je suis ici, criais-je.

– Il ne t'entend pas…, me dit l'Ange.

– Mais dites-lui, vous, d'abord, criez avec moi : "Louis est ici, par ici."

– Oui, je le guiderai vers toi, ne t'inquiète pas… », me dit l'Ange, qui n'avait vraiment pas l'air pressé de s'exécuter.

« Mais d'abord, reprit-il, je dois bien encoder cette mémoire dans tes cellules. Tu oublieras pour un temps que nous nous sommes rencontrés, tu oublieras aussi que tu as souri à la mort et que tu as vu tes amis du jardin des Enfants de Lumière, tu oublieras que je suis venu te rendre ta casquette, et tout ça, je te le répète, juste pour un temps. Un jour, lorsque ta conscience s'éveillera à nouveau et que ta mission se dessinera de plus en plus clairement devant toi, tu revivras en parallèle ce moment céleste de ta vie. Et tu reviendras vers tous ceux que tu aimes pour leur dire que la mort *n'existe pas comme une fin en soi, mais bien que c'est "enfin un retour vers Soi".»*

Je comprenais tout, et rien à la fois. Je savais que tout s'inscrivait et que rien ne se perdait. Les secondes s'écoulaient et le sentiment d'euphorie du début s'estompait. Mes peurs me rattrapaient tranquillement, je sentais la fraîcheur de l'eau, le courant apaisé et, tout à coup, je me sentis tiré par les cheveux, ma tête sortait et entrait dans l'eau, un bras solide m'agrippait par la taille et j'entendis une voix sourde qui hurlait :

« Je l'ai, Pierre, je l'ai, je l'ai… Mon Dieu, ramenez-le moi, je vous en prie ! »

Mon père me donna la respiration artificielle et, au troisième coup, j'expulsais l'eau de mes petits poumons, je toussais, je crachais…, je vivais ! Puis, je souriais à ce père tant aimé qui pleurait devant moi, pour la première et la dernière fois.

Voilà, ma belle Mathilde. Tu es la première à qui j'ose raconter ce passage de vie, de l'inconscient au conscient. Je me souvenais vaguement de cet événement. Aujourd'hui, comme l'Ange me l'avait dit, je me souviens de ce bain de Lumière et de cet état de grâce que j'ai goûté.

L'Amour ne meurt pas, Il nous accompagne pas à pas.

Souviens-toi que tu as, toi aussi, ton Ange Gardien…

Sois heureuse

Ton ami de toujours et pour toujours…

Louis xxxxx

Il glissa la lettre dans une enveloppe, la cacheta et inscrivit « *Mathilde* » dessus. Il la plaça ensuite dans la poche intérieure de son manteau en prévoyant la déposer sur le bureau de Mathilde, le lendemain matin.

De son côté, Mathilde n'avait dormi que deux heures cette nuit-là. Le retour au bureau s'annonçait difficile pour la jeune femme démasquée. Elle se demandait comment agir, quoi dire et ne pas dire. Elle retournait dans son esprit des dizaines de scénarios possibles, jusqu'à ce que la fatigue la gagne et qu'elle s'endorme aux petites heures du matin.

Au petit-déjeuner, elle tendit à Joshua son petit livre.

« Tiens, mon ange, lui dit-elle, je te remets ton précieux livre. Louis et moi, nous avons lu les trois messages que tu as reçus et nous sommes émerveillés par la grandeur et la sagesse de ces écrits. Comment tu fais, Joshua, pour écrire de telles choses, des choses que même nous, les adultes, avons de la difficulté à comprendre ?

– Je ne sais pas, maman Mathilde..., j'écris des lettres, des mots, c'est tout. Je ne cherche pas à comprendre, c'est trop compliqué. Je fais juste écrire, je laisse aller le crayon, et c'est ça que ça donne, tu vois !

– Comment te sens-tu, lorsque c'est fini ? lui demanda-telle, un brin d'inquiétude dans la voix. Ça doit te demander beaucoup d'énergie ?

– Oui, des fois je suis très fatigué après. Je me couche et je dors très dur. Mais, quand c'est maman Laurie qui écrit, je ne suis jamais fatigué, elle pourrait écrire toute la nuit, avec elle je suis si bien !

– Est-ce que tu as peur, parfois ?

— Non, je n'ai pas peur, répondit-il candidement. Quand c'est des personnes, comme Frédéric, que je ne connais pas, je trouve ça drôle. C'est comme si je me faisais un nouvel ami par correspondance. Je crois qu'il n'y a pas de mort. Je crois que c'est juste le corps qui meurt. Des fois, je vois des personnes qui sont décédées... »

Mathilde lui coupa la parole, affolée.

«Tu les vois ? s'exclama-t-elle.

— Oui, des fois, je les vois..., dit-il d'un calme déconcertant.

— Qui tu vois, qui as-tu vu ?

— Eh bien, le grand-père de mon ami à l'école. Je ne t'ai pas raconté, mais c'est arrivé pendant que deux amis se battaient. Le grand-père était là, à côté de mon ami et il a dit quelque chose mais personne ne l'entendait, ni le voyait, juste moi. Alors, j'ai dit le message à mon ami.»

Mathilde était au courant de cet événement, mais elle ne savait pas qu'il avait « vu » ce grand-père. Elle continua, intriguée...

«Et est-ce que tu as déjà vu d'autres personnes mortes, Joshua ?

— Oui, une autre. Une femme, pas très grande, avec des cheveux gris. Elle avait de beaux yeux profonds et un grain de beauté sur la joue droite. Elle était assise sur ma chaise, dans ma chambre, au pied de mon lit. Je me suis réveillé pour aller à la toilette et, en m'assoyant dans mon lit, je l'ai vu. Elle me souriait, elle avait les mains croisées sur les cuisses. Elle avait l'air très gentille. »

Mathilde n'osait plus le questionner…, elle était stupéfaite. La femme que Joshua décrivait ressemblait étrangement à sa propre mère. Elle se risqua :

« Et est-ce qu'elle t'a dit quelque chose, est-ce qu'elle a dit qui elle était ?

– Non, elle ne m'a rien dit du tout, elle m'a juste souri, comme tu fais lorsque tu viens me border.

– Attends, Joshua, je reviens, dit-elle en se précipitant vers sa chambre. »

Elle revint, tenant sur son coeur la carte mortuaire de sa mère. Sur cette photo, sa maman affichait ce doux sourire maternel. Elle la déposa précieusement sur la table, devant Joshua, sans rien dire.

« Oh ! *Wow* !…, tu la connais, toi, Mathilde ? C'est elle, la belle madame que j'ai vue. Elle est venue deux fois. »

Les larmes ruisselaient sur le tendre visage de Mathilde. Son coeur était rempli de bonheur et de chagrin à la fois.

« C'est ma maman, mon petit ange. C'est ma maman qui est venue te visiter, qui veille sur toi durant ton sommeil. Tu es si chanceux de pouvoir la voir, Joshua… Dis-lui, si elle revient, que je l'aime de tout mon coeur et que je m'ennuie d'elle encore, après dix ans. Demande-lui si… »

Joshua l'interrompit :

« En ce moment, je ne la vois pas, mais je l'entends.

Écoute…»

Puis, il tendit l'oreille, regardant au-dessus de son épaule, comme si la voix provenait de là. Le petit roi souriait, en écoutant la douce voix de la maman de Mathilde. Il fit signe que oui, et dit… « O.K. j'ai compris, je lui fais le message ».

« Qu'est-ce qu'elle dit, qu'est-ce qu'elle a dit, Joshua ? demanda Mathilde, impatiente.

— Elle dit qu'elle est très fière de toi, qu'elle aussi s'ennuie de ne pas pouvoir te prendre dans ses bras. Elle dit aussi que ce serait bon pour toi que tu parles à ton père avant qu'il ne parte, parce qu'il est très malade, et que vous devez faire la paix ensemble. Et elle dit, en terminant, qu'elle t'aime plus que tout au monde, et que tu ne dois pas t'inquiéter, que Dieu ne t'en demande jamais plus que ce que tu peux accomplir. C'est tout ! »

Mathilde enfouit son visage dans ses mains, pleurant comme une petite fille.

Le message était sans équivoque. Sa mère veillait sur elle, elle ne l'avait pas abandonnée. Elle ouvrit les bras à l'enfant, et Joshua s'avança, s'assit sur ses genoux, et la serra très fort. Son doux visage dans son cou, il lui murmura tendrement à l'oreille :

« Je t'aime très fort, Mathilde.

— Ah, mon ange, je t'aime aussi ! Le ciel m'a comblée de t'avoir mis sur ma route. Maintenant, je sais que tout était écrit dans nos mémoires, toi et moi. Tu viens remplir ce grand vide que le départ de ma mère a laissé dans mon coeur. Après sa mort, je me suis coupée de ma famille, surtout de mon père.

— C'est vrai, Mathilde, tu ne parles jamais de ton père. Est-ce que tu sais où il habite au moins ? Peux-tu le rejoindre ?

— Non, Joshua…, dit-elle, penchant la tête, honteuse. J'ai perdu sa trace, et je t'avoue que je n'ai jamais fait d'effort pour le retrouver. Je crois que c'est à cause de lui si maman

est morte. Il l'a tant fait souffrir. J'ai beaucoup de colère envers lui. C'est pour ça que maman me demande d'aller faire
la paix avec lui. Mais je ne sais pas si j'en ai envie. Je ne ressens rien pour mon père, tu comprends ? J'ai fait mon deuil
de lui d'une certaine façon. Je crois qu'on ne peut pas comp-
ter sur les hommes. On est mieux de s'arranger toute seule.

– Oh là là ! ta maman a raison, il serait peut-être temps
que tu fasses quelque chose, Mathilde. Ton père est peut-
être gravement malade, comme elle dit, et peut-être que lui
aussi a quelque chose d'important à te dire avant de partir.

– Écoute, Joshua, ces choses-là sont des problèmes
d'adultes et tu es trop petit pour t'en occuper. Ne pense plus
à ça, veux-tu ? T'en fais pas pour moi, je trouverai un moyen
de régler tout ça. O.K. ? Allez, prépare-toi pour l'école, il est
déjà 7h50. »

Joshua avait entendu Mathilde, l'adulte, parler, mais c'est
Mathilde, la petite fille, qu'il avait reçue dans son cœur.
Intérieurement, il s'adressa à la maman de Mathilde, lui
demandant de guider ses pas.

8

Le saut quantique

Lorsqu'elle arriva au bureau, ce matin-là, Louis n'était pas encore entré. Elle s'en réjouit, car cela lui donnerait le temps de préparer le café, sans avoir à se retrouver face à face avec lui. Elle s'installa à son bureau, elle ouvrit le courrier qu'elle éparpilla, ainsi que des dossiers, pour se montrer débordée. De cette façon, elle aurait une bonne excuse de ne pas entretenir la conversation.

Elle jeta un œil sur l'agenda de Louis. Il devait se rendre à la Cour ce matin-là ; il plaidait à dix heures. Elle prépara son dossier, le glissa dans sa mallette, heureuse d'avoir peu de temps à partager avec lui.

Les minutes passaient, et Louis ne se présentait pas au bureau. Peut-être que la cause avait été reportée ou que Louis ne se sentait pas bien. *Mais pourtant, il m'aurait avisée...*, se dit-elle. Lorsque les aiguilles de sa montre marquèrent 9 h 45, Mathilde décida de téléphoner chez lui, pour lui rappeler qu'il devait se présenter à la Cour pour dix heures. Au même moment, un appel entrait.

« Bureau de Me Louis Faucher, bonjour !

– Mathilde, c'est Michelle…

– Ah ! bonjour, Michelle, je téléphonais justement pour rappeler… »

Un sanglot, dans la voix de Michelle, l'arrêta.

« Michelle, qu'est-ce qu'il y a, Michelle, est-ce que Louis est malade ?

– Je t'appelle de l'hôpital, Louis est dans le coma. Il est tombé ce matin, en se rasant, il s'est écrasé par terre. Les médecins parlent d'une rupture d'anévrisme…

Mathilde, se reprit-elle, peux-tu annuler ses rendez-vous et me rejoindre, s'il te plaît, j'ai besoin que tu sois là ! »

Le sang s'était figé dans les veines de Mathilde. Son cerveau enregistrait des mots, ses oreilles entendaient des phrases, mais elle se sentait complètement déconnectée de la réalité. Le choc, l'adrénaline…, elle se sentait paralysée.

« Ou…, ou…, oui, oui, Michelle. J'arrive, je…, je serai là le plus tôt possible, O.K. ? Ça va bien aller, il va s'en sortir, heu…, heu… Bon…, j'arrive tout de suite. »

Michelle avait raccroché, sans rien ajouter ; elle se laissa glisser le long du mur, les bras repliés sur elle ; elle ne pouvait pas y croire. Elle n'avait pas dit à Mathilde ce que les médecins lui avaient expliqué après avoir examiné Louis.

Le verdict frappa de plein fouet :

« L'anévrisme est situé à un endroit très critique au cerveau, madame. Nous n'avons pas d'espace pour faire une intervention. Même si nous tentions une opération, les chances seraient très minces...

– Et qu'est-ce que ça veut dire "très minces" dans votre langage, docteur ? avait-elle demandé, terrorisée !

– Une chance sur mille. Je suis désolé, je ne peux pas vous dire autre chose. Voulez-vous téléphoner à vos proches, rassembler la famille. Vous ne devriez pas être seule en ce moment. Nous serions surpris qu'il passe la journée. »

À ces mots, les genoux de Michelle manquèrent. Le médecin l'avait retenue par les épaules et l'avait étendue sur une civière.

« Une infirmière va venir s'occuper de vous. Vous pourrez lui donner les noms et numéros de téléphone des personnes que vous voulez rejoindre. »

Tout se bousculait dans l'esprit de Michelle. Le passé, le présent et le futur s'entremêlaient, comme dans un cauchemar. Soudain elle se dit, *je rêve, c'est ça je rêve. Je vais me réveiller, c'est juste un mauvais rêve.* Puis, elle cria :

« Louis, mon mari, je veux voir mon mari..., laissez-moi le voir docteur, je vous en prie.

Bien sûr, je vous amènerai près de lui, lorsque vous aurez retrouvé vos forces. Le choc a frappé dur, chère madame. Attendez quelques minutes, l'infirmière vous accompagnera. Prenez d'abord ce calmant, ça vous aidera. »

Puis, dix minutes plus tard, elle se dirigeait vers la chambre des soins intensifs. C'est en passant devant la boîte téléphonique qu'elle eut le réflexe de téléphoner à Mathilde. Lorsqu'elle serait-là, Michelle se dit que Mathilde pourrait prévenir les parents de Louis, à qui elle demanderait de prendre les enfants à l'école..., la pensée des enfants traversa l'esprit de Michelle, déchirant son cœur de mère.

Assise sur le bord du lit, Michelle tenait entre ses mains la main chaude de son cher époux. Elle caressait son visage, ses cheveux, ses bras. Entre deux sanglots, elle tentait de lui dire un mot, une phrase qui aurait pu le ramener à la vie.

« Accroche-toi, mon amour, tu ne peux pas nous faire ça, tu ne peux pas partir, tu as tant de choses à faire encore. J'ai besoin de toi, Louis ; les enfants ont besoin de toi, je t'en prie, lutte, reviens…, *ne pars pas !* »

Elle avait déposé un long moment sa tête sur la poitrine de Louis, n'ayant plus la force de penser. C'est ainsi que Mathilde la trouva, lorsqu'elle entra dans la chambre, pâle et tremblante.

Au pied du lit, Mathilde était figée. Elle sentait comme une frontière qu'elle n'avait pas le droit de franchir. Un territoire qui n'appartenait qu'à Michelle et Louis. Le bruit alarmant du respirateur, les tubes entrecroisés, le visage transformé de Louis, ces machines qui le maintenaient en vie, tout ce spectacle donna à Mathilde l'impression qu'elle était dans un autre monde, ailleurs, loin de la vie qu'elle avait connue ce matin même, au petit-déjeuner avec Joshua. Elle n'arrivait pas à émettre un son. Michelle ne l'avait pas entendue entrer. Relevant la tête et étirant le bras pour prendre un mouchoir sur la table de chevet, elle aperçut le visage de Mathilde, fixé sur celui de Louis.

« Mathilde, ma belle Mathilde, c'est terrible, ça ne se peut pas ! » et elle s'effondra en larmes, dans ses bras.

Mathilde éclata en sanglots à son tour. Mais, elle se ressaisit très vite, comme pour ne pas couler avec Michelle. Il fallait que quelqu'un soit fort, pour Louis, se dit-elle.

« Ça va aller, Michelle, tu vas voir ; il est fort, Louis, il va se battre, j'en suis sûre !

– C'est que je ne t'ai pas tout dit au téléphone… »

Le silence qui suivit coupa le souffle de Mathilde. Elle ne voulait pas entendre ce qui allait suivre. D'un signe de la tête, elle disait *non* ; en même temps son regard demandait *quoi ?*

Puis, Michelle lui transmit le diagnostic fatal des médecins. Mathilde regardait Louis et elle sentait la terre s'ouvrir sous ses pieds. Son mécanisme de survie se mit alors en opération :

« Ils mettent ça au pire, Michelle. C'est que, vois-tu, ils ne veulent pas se mouiller. Ils savent que l'opération est délicate et ils ne veulent rien promettre. Mais ils ont tout de même parlé d'une chance. Une chance, ça en prend juste une. Et si Louis décide de se battre pour obtenir cette chance, il va l'avoir. Tu le connais, Michelle ; ne perds pas confiance en ton mari, pas maintenant, il faut que tu t'accroches, toi aussi. »

Une lueur d'espoir traversa l'esprit et le cœur de Michelle. Elle reprit de plus belle :

« Tu as raison, Mathilde, ce ne sont pas les médecins qui vont décider du sort de Louis. C'est sa vie ; c'est entre ses mains, et je sais qu'il va prendre cette chance et qu'il va nous revenir, guéri. »

Le médecin entra dans la chambre, accompagné d'une infirmière, pour examiner Louis à nouveau. Les deux femmes se tenaient debout, altières. Le message de leur corps était clair : *Vous ne nous ferez pas perdre espoir. Louis Faucher ne mourra pas !*

« Vous ne pourrez pas rester plus de quinze minutes à la fois, madame Faucher, et vous ne pourrez pas non plus être plus de deux dans la chambre, dit l'infirmière.

– Malgré son état comateux, reprit le médecin, nous croyons que votre mari peut percevoir vos émotions, peut-être même vous entendre. Ce qui pourrait contribuer à le mettre dans un état d'anxiété et de stress, faisant ainsi monter sa tension artérielle, ce qui n'est pas recommandé pour lui en ce moment. Jusqu'ici, il ne nous a donné aucun signe qu'il soit conscient, il est donc difficile de savoir s'il capte ce qui se passe autour de lui.

– Je comprends, docteur, dit calmement Michelle. Viens, Mathilde, nous allons le laisser se reposer un peu. »

Elles sortirent, se tenant par la main comme deux petites sœurs. Elles s'installèrent au salon, se regardant, songeuses, sans rien dire. Michelle regarda l'heure. Il était 11 h 30. Elle soupira, pour puiser en elle le courage de prononcer cette phrase :

« Les enfants ! dit-elle, sans réussir à ne pas verser quelques larmes. Qu'est-ce que je dois faire, Mathilde ? Est-ce que j'envoie quelqu'un les chercher à l'école ou si j'attends à ce soir pour leur expliquer ce qui est arrivé. Est-ce mieux qu'ils ne le voient pas dans cet état ? Louis, dis-moi ce que je dois faire, mon Dieu ! »

Mathilde s'approcha de son amie ; lui frottant le dos, se penchant sur elle…, elle lui dit :

« Michelle, je vais simplement te parler de mon expérience, et ça ne veut pas dire que Louis ne s'en sortira pas, mais je veux t'expliquer que j'ai été tenue à l'écart de ma mère durant sa maladie. Tout était gardé sous silence. Un secret, un malaise flottaient dans la maison, et ça, Michelle, c'est pire que tout. Les enfants sont intelligents et leur imagination peut les amener dans les pires scénarios. Tu le sais, Michelle, toi qui travailles avec eux.

– Je le sais quand il s'agit des autres. Mais aujourd'hui, il s'agit de mes petits anges, des enfants adorés de leur papa. Je voudrais tant leur épargner un traumatisme. Je voudrais tant que rien de tout ça ne soit arrivé.

– Fais confiance à la force des enfants, Michelle. Ils pourront peut-être même aider Louis à se battre. Je crois qu'ils ont le droit de savoir et d'être en contact avec la réalité. Je n'ai pu voir ma mère et lui parler qu'à la toute dernière heure…, j'ai manqué de temps, j'aurais eu tant de choses à lui dire. Je me suis souvent demandé si j'aurais pu l'aider à guérir, si j'avais su qu'elle était si malade. Fais ce que ton cœur te dit, Michelle, je ne peux que te témoigner de ce que j'ai vécu.

– Je pense que tu as raison, Mathilde, ils ont le droit de savoir et d'être près de lui. Mais tous ces tubes, toutes ces machines, c'est si impressionnant.

– On va bien les préparer, on va leur expliquer le plus simplement du monde ce qui est arrivé à leur papa. Sans banaliser, je crois qu'on peut dédramatiser le plus possible. Tu sais, Michelle, les enfants nous imitent beaucoup. Si on peut leur transmettre notre foi et notre espérance, ils vont se sentir en sécurité et ils vont se battre avec Louis.

– Ah, chère Mathilde, comme tu m'es précieuse, ce matin. Louis serait si fier de toi, de t'entendre m'encourager et me soutenir. Tu es une perle, Mathilde. »

À ces mots, Mathilde crut entendre Louis lui-même. Toute la scène du petit-déjeuner lui remonta à l'esprit. Et s'il partait, comme ça, sans un mot pour comprendre, pour fermer la boucle. Puis, ce qu'il avait vécu dans cette régression, elle ne le saurait jamais. Est-ce que son âme préparait déjà cette sortie de corps… *Mon Dieu, se dit-elle, ce n'est pas possible !*

Je ne survivrai jamais à cette épreuve... Sortant de ce vertige, Mathilde se leva et s'adressa de nouveau à Michelle :

« Veux-tu que je m'occupe d'aller chercher Sébastien et Julie, Michelle ? Je peux les prendre en même temps que Joshua. Tu peux me faire confiance...

— Ah, je te fais entièrement confiance, ma chère Mathilde. Tu es bien bonne ; si tu veux bien, je crois que c'est la meilleure chose à faire. Pendant ce temps, je vais me préparer, pour les recevoir calmement et les amener près de Louis, en douceur.

— Et les parents de Louis ? demanda Mathilde.

— Je vais les appeler. Je vais d'abord appeler sa sœur Diane, et je lui demanderai d'aller prendre ses parents et d'avertir aussi son frère, Paul. Mais d'abord, je vais appeler ma mère..., je me sens comme une petite fille, Mathilde, qui ne veut que sa maman. Je sais qu'ils ne partiront pas de Rimouski aujourd'hui mais, au moins, d'entendre sa voix au téléphone... », et elle pleura encore à chaudes larmes.

Mathilde ressentit à quel point sa propre mère lui manquait dans sa vie. *On a toujours besoin du doux regard et de la voix rassurante de notre maman, se dit-elle, peu importe l'âge que nous avons.*

Elle et Michelle se tenaient par la taille, descendant le corridor doucement, tête contre tête ; courageusement, elles se préparaient à diffuser la mauvaise nouvelle.

❖ ❖ ❖

De l'autre côté de la vie, Louis arpentait aussi un corridor. Un long corridor blanc. Tout était blanc, les sièges adossés aux murs, les planchers, les plafonds, les luminaires, tout reluisait d'un blanc étincelant. *Un passage*, se dit-il, *qu'est-ce que je fais dans ce passage…*

Après avoir marché jusqu'à ce qu'il croyait être le bout du corridor, il constata que celui-ci se poursuivait sans fin. Comme s'il marchait sur un tapis roulant. Lui vint alors à l'esprit cette réflexion : *Ce que l'on peut voir et qui nous apparaît comme la fin du chemin n'est que le commencement de ce qui suit…*

Il s'assit et se dit qu'il ne lui restait plus qu'à attendre. Mais attendre quoi ? Qui ? Il était calme, il se sentait serein. Il comprit soudain que tout ce qui avait précédé cette sortie de corps était parfaitement orchestré par le grand Esprit. Il revivait cet état de grâce et de béatitude qu'il avait vécu à l'âge de quatre ans. Une paix intérieure l'habitait, comme si tout était simplement dans l'ordre divin.

Il pensa aux siens, à tous ceux qu'il aimait, à toutes les choses de la terre qu'il appréciait, à cette vie qui se déroulait sur le mur blanc devant lui, comme un film, dont il était l'acteur, l'auteur, le producteur et le spectateur. Il faisait le bilan de son existence, reconnaissant ses échecs et ses réussites. Il était témoin de ses peurs, de ses manques de confiance, de son ego, de la force de son mental et de cette récente ouverture d'esprit. Il pesait, mesurait, observait ce qu'il avait fait de sa vie. Lorsque le film tira à sa fin, il entendit des pas venir au loin dans le long corridor. Il cherchait à voir, espérait apercevoir une silhouette au fur et à mesure que l'écho résonnait de plus en plus près de lui. Ce n'est que lorsque l'Être fut à un mètre de lui qu'il l'aperçut. Tout ce qui se découpait du décor blanc était ses yeux bleus violacés. Un homme très grand, aux cheveux courts et blancs, sans barbe, vêtu d'un habit, d'une chemise et d'une cravate ainsi que de souliers blancs.

Il souriait. Sans ouvrir la bouche, il communiquait avec Louis, très clairement.

« Tu es au rendez-vous, mon ami… C'est l'heure maintenant, viens, suis-moi. »

Louis se sentit tout à coup inconfortable…

« C'est l'heure ? L'heure de quoi ? L'heure de ma mort ? Mais je ne peux pas partir comme ça. Les enfants, Michelle, Mathilde, ma famille. Il me semble que je n'ai pas terminé. »

L'être en blanc, le rassura aussitôt :

« Suis-moi, tu es ici pour exercer ton pouvoir de choisir ! La mort fait partie du plan humain mais, ici, tu es en contact intime avec ton pouvoir divin. Allons voir l'état de ton corps physique. Allons revoir notre contrat… »

Louis se dit qu'il avait déjà entendu cette voix !

« Mais quel contrat, et qui êtes-vous ? Vous semblez connaître mon destin mieux que moi-même.

– C'est que vois-tu, Louis, *je suis* toi-même, je suis la partie consciente de ton *moi*. Je possède toutes les clés de nos archives, *je suis* la connaissance même du Grand Plan. Tu peux me faire confiance. Je suis ton Ange Gardien, tu te souviens, maintenant ? Viens, allons voir ensemble le chemin que tu as parcouru. Ici, nous sommes au carrefour des vies, tu auras un chemin nouveau à emprunter. Que tu retournes dans ton corps ou non, ta vie ne sera plus jamais la même. Il est temps d'achever une étape et d'accomplir ta mission.

– Mais, est-ce que je n'accomplis pas ma mission, à ma façon ? Faut-il porter une soutane et être missionnaire dans les pays du Tiers-Monde pour exercer notre mission ? J'ai toujours cru qu'un avocat avait une mission "noble". Je parle d'un avocat qui travaille pour le bien de tous ; je sais que nous sommes rares, mais enfin. Je ne savais pas que je n'accomplissais pas ma mission sur terre », dit-il, déçu !

L'Être en blanc riait aux éclats.

« Pauvre Louis, te voilà vexé, mon cher ami ! Maître, je vous demande pardon… », et il s'esclaffa de nouveau.

Louis commençait à le trouver de moins en moins sympathique, voire même arrogant et ne savait plus trop sur quel pied danser. Il se rendit compte qu'il essayait de faire bonne impression, de se défendre (en bon avocat qu'il était) contre une partie de lui-même. *C'est ridicule, se dit-il…*

Et l'être bien sûr, attrapa cette pensée au vol…, elle était trop alléchante !

« Ridicule ? Ah ! mon cher Louis, tu es le Roi du ridicule… Viens, regardons ensemble toutes les courbettes que tu as faites dans ta vie pour bien paraître, pour te faire aimer, pour te vendre et pour acheter l'approbation des juges. Tu sais, tous ces petits juges qui t'habitent, toutes ces peurs qui t'ont manipulé comme une marionnette. Viens, n'aie pas peur, on va bien s'amuser ! »

Sur ces mots, accompagnés d'un rire moqueur, l'Être tourna les talons et fit signe à Louis de le suivre.

Le pauvre homme était cloué sur place, se disant qu'il ne resterait pas là à se laisser humilier bien longtemps, devant cet être prétentieux et moqueur. *Si, comme il le dit, j'ai le pouvoir de choisir, il va me voir retourner dans mon corps, auprès des miens, dans ma petite profession ridicule, assez vite.*

« Alors, bon voyage de retour, cher Louis, lui cria-t-il de l'autre bout du corridor, et mes salutations à Joshua…Tu lui diras que tu as rencontré l'Être en blanc…, il *me* connaît bien, le petit ! »

Puis, le bruit des pas s'éloigna de plus en plus vite, ne laissant à Louis que quelques secondes, pour choisir entre le suivre ou retourner dans son corps. Il se sentait tiraillé de tous côtés. La bataille de l'ego et de l'âme était serrée. Soudain, il sentit une force lui donner une poussée dans le dos et, sans qu'il puisse contrôler cette impulsion, sa voix s'éleva haut et fort dans le couloir de la mort : « *Attendez-moi* », cria-t-il.

Sans s'arrêter, l'être souriait, satisfait et heureux d'accueillir Louis dans le monde du libre arbitre.

❖ ❖ ❖

Ils étaient maintenant trois spécialistes regroupés autour de Louis. L'un d'eux tenait une grande enveloppe, prêt à dévoiler les dommages que l'accident cérébral avait causés.

« Ce n'est pas reluisant, dit-il, avant même d'étaler son bilan. La radiographie nous montre que les lésions sont multiples et que les dommages sont irréparables.

– Si nous comprenons bien, docteur, le patient a peu de chance de survivre, si nous le débranchons ?

– Aucune chance, à mon avis. D'autre part, si nous tentons une opération, les risques d'altération au cerveau sont énormes. De plus, si l'opération est une réussite, le patient ne retrouvera qu'une partie de ses facultés – une mince partie, devrais-je dire. Les séquelles seraient d'ordre majeur. »

Le médecin traitant, un éminent neurologue, se prononça :

« Aucune intervention chirurgicale n'est possible pour l'instant. Nous devrons attendre pour voir l'évolution de sa condition. D'ici trois jours, je me prononcerai de façon plus définitive. Il me reste à préparer la famille de M. Faucher à toute éventualité, mais surtout au pire. »

Un interne lui demanda spontanément ;

« Vous voulez dire que vous devrez leur annoncer qu'il va probablement mourir ?

– J'ai appris au cours de ma pratique que nous, chirurgiens, spécialistes et scientifiques, sommes, si on veut, des mécaniciens du corps. Ce qui ne nous empêche pas d'être humains, et de faire preuve de compassion et de respect envers les patients et leur famille. Alors, je n'annonce jamais "la mort". Je dirai plutôt ce que nous pouvons faire et ce que nous ne pouvons pas faire. À la limite, je dirai : "Nous ne pouvons plus rien faire pour lui". J'ai vu, pas souvent, mais j'ai quand même été témoin de guérisons "miraculeuses". Depuis, je n'ai plus jamais prononcé un verdict irrévocable. Il y a deux pôles qui participent à la guérison d'un malade. Et je crois que ce sont deux parties intégrantes de nous tous…, l'aspect de la connaissance et l'aspect de la foi. Si les deux travaillent conjointement, les chances de guérir augmentent…, ne croyez-vous pas ? Et si la mort gagne, cela signifie-t-il que l'âme n'a pas guéri ? »

Tous restèrent muets… Le Dr Simon, en proposant cette réflexion, venait d'apporter une lumière nouvelle. Il referma le dossier de son patient et s'approcha de lui. Il le regarda avec tendresse et compassion. C'était un homme de son âge, couché, là devant lui. Un père de famille comme lui, qui se battait pour sa vie. Il allongea doucement son bras et posa sa main sur le front de Louis…

« Tiens bon, mon vieux, lui dit-il, nous sommes là pour toi et pour tes proches… »

Les membres de son équipe se sentaient privilégiés de travailler auprès d'un médecin aussi humain. Le Dr Simon était un homme de science et un homme de foi. D'ailleurs, il était le seul médecin du centre hospitalier à pratiquer une médecine holistique – celle du corps, de l'âme et de l'esprit.

❖ ❖ ❖

Louis avait assisté, accompagné de l'Ange, à cette réunion autour de son corps. Les spécialistes ayant quitté la chambre, Louis se retourna vers l'être, qui se tenait droit, au pied du lit, les mains derrière le dos.

« Et c'est ça que vous appelez un choix ? dit Louis d'un ton méprisant.

– Voilà un choix difficile, c'est vrai…, mais c'est tout de même un choix ! Les limitations de ton corps physique t'empêcheraient de continuer à vivre comme tu vivais. Ta qualité de vie ne serait plus la même. Mais il te serait donné d'autres facultés, supérieures aux facultés humaines. Ta nouvelle condition t'amènerait à *servir*, à un autre niveau de conscience.

– Mais à quoi pourrais-je bien servir ? Je ne serais qu'un fardeau pour ma famille. Comment pourrais-je participer à l'épanouissement de mes enfants, comment pourrais-je apporter à ma femme une vie normale… Paralysé, en fauteuil roulant, à quoi un homme peut-il bien servir ?

– Un handicap physique, quel qu'il soit, sollicite beaucoup l'humilité chez l'être humain, Louis. Dépendre des autres, recevoir des soins, de l'aide, demande à l'ego de se retirer et appelle le divin, en chacun de *soi*, à se manifester. Je t'ai dit qu'il s'agissait d'un choix très difficile. N'oublie pas qu'il y a d'autres avenues possibles. Tu peux aussi choisir de *servir* de l'au-delà. Tu peux renoncer à l'enveloppe corporelle pour poursuivre ton évolution.

– Encore-là, tout un choix... Comment pourrais-je accompagner, réconforter, aimer et protéger mes enfants et ma femme, Mathilde et Joshua... »

Sa réflexion s'arrêta subitement ! *Joshua*, pensa-t-il. Il regarda le Maître d'un œil perplexe. Celui-ci souriait, en hochant la tête :

« Eh oui..., tu commences à comprendre. Il n'y a pas de séparation dans l'entendement divin. Le corps n'est pas le seul véhicule de l'esprit. Laurie ne vient elle pas *servir* la Lumière de l'au-delà. Tu as aussi ce choix, mon ami... »

Louis doutait. L'être se retira. Il le laissa seul avec son corps. Louis vint s'asseoir près du lit, et prit sa main. Tout naturellement, il s'adressa à ce corps, dans lequel il avait vécu depuis trente-huit ans. Son choix n'était pas encore fait. Il fallait tout peser, négocier, évaluer.

❖ ❖ ❖

La porte s'ouvrit doucement derrière lui. Michelle tenait, de chaque côté d'elle, ses enfants adorés. Il se tourna, se leva de la chaise, pour leur laisser tout l'espace auprès de son corps inerte. La petite Julie, le cou enfoncé dans les épaules, était pâle et son souffle était court. La bouche entrouverte, Sébastien tentait d'être fort. Il regardait son père d'un œil technique, comme pour essayer de comprendre tout ce système autour de lui. Mais surtout, pour se couper de la terreur qui l'envahissait.

Julie éclata en sanglots. Michelle l'accompagna en douceur, en pleurant avec elle. Sébastien gardait le cap, il ne bronchait pas. Il examinait son père de la tête aux pieds.

« Papa, papa…, est-ce que tu m'entends ? » risqua-t-il.

Rien.

« Maman, est-ce que tu crois qu'il m'entend ?

– Je ne sais pas, mon chéri, je voudrais tant savoir qu'il nous entend », répondit-elle, en ne quittant pas un instant Louis des yeux.

Debout, derrière eux, Louis ne cessait de répéter :

« Oui, mes amours, je vous entends, je suis là, je serai toujours là. Parlez-moi, je vous entends…, je vous aime tant. Écoutez-moi, je vous en prie… »

Invisible, inaudible, Louis doutait encore plus de sa capacité à rejoindre ses proches, s'il choisissait de traverser de l'autre côté de la rive. Puis, Sébastien osa :

« Papa, je ne sais pas si tu m'entends, mais j'essaie quand même. Je veux te dire que je t'aime de tout mon cœur, que tu es mon héros et que je serai bon et fort comme toi. Papa, si tu dois revenir handicapé, ne reviens pas. Je m'excuse de te dire ça, mais c'est pour ton bien aussi, tu vois. Je sais que tu ne pourrais pas être heureux, cloué dans un fauteuil roulant, et si tu n'as pas toute ta tête. C'est parce que je t'aime que je te dis ça, papa. »

De grosses larmes roulaient jusque dans le cou du petit. Ces paroles étaient au-dessus de la capacité d'acceptation de Michelle et de Julie. *Comment un enfant d'à peine huit ans pouvait-il, de sang-froid, libérer son père et assumer cette perte,* se demanda Michelle.

De son côté, Julie bouillait de colère envers son frère. Elle s'empressa de changer ce message au plus vite :

« Non, papa, ne l'écoute pas. Il est con, Sébastien. Il dit n'importe quoi. Moi, j'ai besoin de toi, tu ne dois pas me laisser tomber. Papa, papa, je t'en prie, ne t'en va pas ! »

Michelle tenait ses enfants dévastés sous ses ailes maternelles, pleurant avec eux, impuissante ; elle ne cherchait même plus ses mots. Louis, debout derrière eux, posa ses grandes mains de chaque côté de sa petite famille, les entourant de sa Lumière qui commençait à émaner de ses corps subtils. Il faisait maintenant *un* avec l'Être blanc. Il vit que le cordon rattachant son corps physique jusqu'à *lui*, commençait à s'effriter. Volontairement, il ralentit le processus de sortie de corps. Il voulait faire les choses en douceur. Il attendrait d'être seul. Son choix était fait maintenant. Sébastien, dans sa candeur et dans l'amour inconditionnel, venait d'ouvrir la porte de sortie à l'âme de son père.

Ils quittèrent la chambre, pour être relayés par les parents de Louis, son frère Paul et sa sœur Diane. En le voyant, sa mère poussa un cri de déchirement. Les jambes lui manquèrent. Son mari et son fils la relevèrent pour lui offrir un siège.

« Va chercher l'infirmière, fit Paul à sa sœur. Vite, elle va s'évanouir.

– Non, ça va, donnez-moi juste un peu d'eau ! Ah ! mon Dieu ! ce n'est pas possible, mon grand, mon grand…, et elle s'effondra en larmes, la tête appuyée sur la main de Louis. »

Derrière elle, son grand lui massait les épaules, lui prenait la tête dans ses mains.

« Je suis là, maman. Je suis là…, ne panique pas, c'est pas grave. Accroche-toi à ton Dieu d'amour…

– Le Bon Dieu peut pas me faire ça, il ne peut pas venir chercher *mon* fils. Qu'est-ce que j'ai fait pour qu'Il nous enlève *notre* Louis.

– Pauvre maman…, si tu savais comme "Le bon Dieu" ne punit pas et ne vient pas, comme un voleur, enlever les enfants à leurs parents. Si tu savais, chère petite maman, comme Dieu t'aime et comme je t'aime. Je t'aiderai de l'au-delà à grandir dans cette épreuve, chère maman. Merci pour tout ce que tu m'as donné, merci pour ton amour et toute la confiance que tu m'as transmise. Laisse-moi aller maintenant, maman ; ne me garde pas prisonnier d'un amour possessif. Que l'amour inconditionnel soit ton salut, maman. Je t'aime. »

Elle non plus ne l'entendait pas, mais elle s'était tout de même apaisée, comme si l'énergie de Louis atteignait son cœur. Louis s'approcha alors de son papa qu'il voyait pleurer pour la deuxième fois. Il pouvait entendre sa pensée très clairement :

« Ah ! mon tit-homme, cette fois je crois que je ne pourrai pas te sauver. Ça me déchire le cœur ! J'aurai tant aimé pouvoir te dire tout mon amour, dans des mots bien clairs. Je n'avais pas appris, mon Louis, à parler de mes émotions et de mes sentiments… Pardonne-moi, mon garçon et, si Dieu le veut, tu vas m'entendre aujourd'hui : "Va tranquille, mon gars, je t'aime de tout cœur et je te bénis." »

Louis, ému par les paroles de bonté et de sagesse de son père, se tenait debout en face de lui, de l'autre côté de son corps. Tendrement, son père posa sa main sur son front pour le bénir. Louis remercia cet homme merveilleux qui lui avait enseigné le sens des responsabilités et de la compassion. Dans sa grande simplicité, ce père avait donné le meilleur de lui, et Louis l'avait pris et transmis à ses enfants. La chaîne de l'amour paternel avait fait son travail et elle continuerait de se propager sur la terre.

Henri leva les yeux et vit, droit devant lui, son fils dans la Lumière. Les larmes, baignant son visage, contrastaient avec le sourire céleste déployé sur ses lèvres. Le père sourit à son tour, et l'image s'estompa. Pendant ce court instant, sa femme le regardait, ébahie :

« Henri, Henri, qu'est-ce qui se passe, mon Dieu, je rêve ou tu souris ?

– C'est rien, Jacqueline…, juste un beau souvenir de Louis qui vient de me traverser l'esprit. C'est correct, ne t'inquiète pas. »

Le sage homme savait qu'il était préférable qu'il garde pour lui cette vision si réelle. Il savait maintenant que son fils prendrait bientôt son envol, heureux et en paix.

Le couple sortit, pour laisser la place à Diane et Paul. Il avait fallu huit ans, avant que Louis ait une petite sœur. Trois ans plus tard, Paul naissait. Diane et Paul étaient plus complices, plus près l'un de l'autre. Louis représentait le « grand frère », celui qui donnait l'exemple et qui prenait soin de maman. En quelque sorte, il était un troisième parent, plutôt qu'un frère. Paul et Diane adoraient Louis, même si parfois ils avaient l'impression de ne pas le connaître vraiment.

« Je me sens tellement maladroit, dit Paul à sa sœur. Quoi dire, je ne sais pas quoi faire. Tout ça est tellement tabou, c'est fou, Diane…, c'est comme si je ne sentais rien. Je…, je…

— Ah! mon p'tit frère, je te comprends tellement. On n'a jamais appris à dire les vraies choses chez nous. Quand est-ce qu'on s'est dit qu'on s'aimait nous trois, Paul ? Chacun nos carrières, chacun nos affaires… Dans le fond, on ne se connaît pas vraiment. Louis, pour moi, c'est le pilier de la famille. Celui qui nous réunissait, qui était capable de nous montrer ses sentiments. C'est le grand frère et, quelque part, le père de maman. J'ai l'impression de perdre tellement un gros morceau, et en même temps je me sens tellement coupable de pas avoir été plus près de lui… »

Sur ces mots, Diane éclata à son tour. De son corps astral, Louis la tenait par la taille, sous son aile protectrice de grand frère :

« Belle Diane d'amour, va…, la culpabilité est le pire poison, ma petite sœur. Moi, j'ai été choyé d'avoir une sœur aussi généreuse et douce que toi. Si tu savais tout le potentiel qui dort en toi, ma belle. Je t'aiderai de l'au-delà à le découvrir…, mais tu devras enlever tes œillères et être à l'écoute. Prends bien soin de toi, Didi…, salue ton bonhomme pour moi, je l'aime bien le beau-frère. Allez, laisse aller toute ta peine et accueille-toi. Je t'aime, je serai toujours derrière toi. »

Et il l'embrassa sur la tête, en guise de protection. Elle se retira et laissa ses deux frères ensemble. Avant de sortir de la chambre, elle jeta un dernier regard sur son grand frère et se tourna vers Paul, avec compassion :

« Ouvre-lui ton cœur, Paul…, je sais que tu crois que c'est fou, qu'il ne t'entend pas, mais qu'est-ce que tu as à perdre de juste lui parler pendant qu'il est encore là ? »

Paul était de glace. Les bras croisés, les sourcils froncés, la gorge nouée, il toussota…

« Ben oui, laisse faire, là. Je suis assez grand pour savoir ce que j'ai à faire », dit-il, impatient.

Impuissant, terrorisé et désarmé devant le corps presque mort de son frère aîné, Paul ne trouvait pas la force d'ouvrir la bouche. Il pensa :

« Qu'est-ce que tu fais là, l'grand ? Ah! c'est ridicule, il ne m'entend pas. Il va s'en sortir. En tout cas, moi, faut que je sorte d'ici, j'étouffe. »

À cette pensée, il sentit une légère pression sur sa main, qui tenait celle de Louis.

« Ben voyons, qu'est-ce que c'est que ça ! » se dit-il, nerveux.

Il attendit, et rien ne se reproduisit… *Bon, j'hallucine maintenant !* Et il reprit son discours maladroitement…

« Ça fait que, lâche pas, l'grand, ça va bien aller, je vais revenir te voir dem… »

Et voilà qu'une autre pression, plus forte encore, le retenait.

« Louis, est-ce que tu m'entends ? »

Paul ne ressentit pas d'autre impulsion, mais la main de Louis le tenait fermement. Puis, il entendit, d'une voix claire :

« Hé ! mon frère, n'aie pas peur, je suis là. C'est à mon tour de veiller sur toi. »

Ces phrases entraînèrent Paul dans une vague d'émotions qu'il ne réussissait plus à contenir. Comme si son âme avait fait basculer l'ego, et que les mots d'amour avaient triomphé de ses peurs. Paul ne se reconnaissait plus lui-même. Au bout de ce merveilleux témoignage de fraternité, il réussit à prononcer ces mots :

« J'ai toujours voulu être aussi grand et aussi bon que toi, Louis. Je regrette de ne te l'avoir jamais dit, mon frère : *"Je t'aime"*, et je ne veux pas te perdre. »

Sur ces mots, que Paul criait maintenant à travers les sanglots, la main de Louis se relâcha, grande ouverte vers le ciel. Il commençait son ascension. Le jeune homme embrassa son frère sur le front, le remerciant de cette communion qu'il n'oublierait jamais.

Il sortit, triste, mais serein. Dans le corridor, le Dr Simon entouré de la famille, expliquait habilement la situation critique de Louis. Mathilde n'écoutait pas. Elle savait au plus profond d'elle-même que Louis était déjà en route vers la Lumière. Joshua se tenait près d'elle, son petit livre dans les bras.

C'est à ce moment que Michelle accepta qu'on lui retire tous les appareils qui le maintenaient en vie artificiellement. De façon intuitive, elle sentait clairement que tel était le désir de son mari, et elle prit cette décision sans tiraillement.

Mathilde prit Joshua par le cou, pour y puiser toute la force de faire ses adieux à l'homme de sa vie. Le petit roi se tenait droit, conduisant solennellement Mathilde vers celui qui avait été leur guide terrestre. À la vue du corps de Louis, raccordé de toutes parts à ces appareils électroniques, Mathilde eut un frisson dans le dos, et fit vite réapparaître à sa mémoire l'image de Louis sur le trottoir, devant le café, les mains dans les poches, tête légèrement penchée.

Inconsciemment, ce matin-là, Louis lui avait lancé son dernier clin d'œil.

Un mélange de tristesse et de béatitude remplissait son cœur et la maintenait en survie. Elle s'approcha doucement, tenant Joshua par la main et, sans penser à rien, elle embrassa longuement le front de l'ami, du patron, du père, de l'amoureux secret que Louis avait été et serait toujours pour elle. Elle avait tant de choses à lui dire et rien à la fois. Leur communion existait bien au-delà même de la pensée.

Joshua s'approcha de Louis, en montant sur le petit tabouret, de l'autre côté du lit. Louis, dans sa Lumière, se tenait face au petit messager et vit que Laurie se tenait près de l'enfant. Elle souriait à Louis, comme un Ange. Sans chagrin, ni émotion, le petit roi commença :

« Salut, Louis, je viens te faire mes adieux et te souhaiter : "Bon voyage". J'ai apporté mon petit livre avec moi, car j'ai un message pour toi. Est-ce que tu es prêt ? »

Joshua était le seul capable de capter la pensée de Louis. Il n'avait qu'à braquer son regard sur son front et il l'entendait :

« Bien sûr, petit Roi, que je suis prêt à entendre ton message. Mais avant, j'aimerais que tu expliques à ma mère que j'ai besoin qu'elle me bénisse et qu'elle me laisse aller. Ton cœur d'enfant saura la rejoindre, Joshua. Je t'en prie, va la chercher. »

Sans hésiter, Joshua quitta le chevet de Louis et dit à Mathilde :

« Louis a besoin d'entendre un message de sa maman. Je vais la chercher. »

Mathilde sortit avec lui, afin de laisser tout l'espace d'intimité pour la mère et son fils. Elle se demandait comment Joshua pouvait, sans inhibition, porter ainsi les messages des défunts. Lorsqu'ils entrèrent dans le salon de l'étage, Joshua alla s'asseoir sur les genoux de Jacqueline. Avec son regard plein de compassion, le petit lui expliquait simplement ce que son fils lui demandait. Puis, il la prit par la main et l'amena auprès de Louis. La pauvre femme avançait péniblement vers la plus grande déchirure de sa vie. Elle s'assit au bord du lit, caressant son visage, réchauffant ses bras, le berçant comme lorsqu'il était un tout petit bébé. Elle pleura longuement, avant de trouver la force de prononcer les mots ultimes :

« Louis, je ne serais pas sincère si je te disais que j'accepte que tu meures aujourd'hui, à trente-huit ans. Tu es dans la fleur de l'âge, tu as une petite famille merveilleuse, une carrière reluisante, tout le monde t'aime. Tu es la joie et la fierté de ton père. Tu es le modèle de ton frère et de ta sœur. Et tu es mon soleil, mon amour ! Alors comment pourrais-je te dire que je te laisse partir et que c'est bien correct comme ça. Je ne comprends pas ce que les gens me demandent. Comment une mère peut-elle laisser partir son fils…, comment ? »

Et elle sanglota de plus belle. Louis se tenait debout derrière elle. Il caressait ses cheveux bien coiffés, comme toujours. Doucement, il posa sa main dans son dos, à la hauteur du cœur. De son autre main, il soutint son ventre, au niveau du nombril et, délicatement, il coupa le cordon.

Lorsque le chagrin s'estompa, elle leva la tête et le regarda tendrement.

« Parce que je t'aime, mon fils bien-aimé, parce que je te veux heureux et libre, je te laisse partir vers ton paradis.

Je demande à maman de t'accueillir. C'est ta marraine, elle t'aidera à faire la traversée, j'en suis certaine. Je te redonne à Dieu. J'ai beaucoup de difficulté à accepter que nos enfants ne nous appartiennent pas. Mais, aujourd'hui, je le comprends... Va, mon grand, va vite. Dieu t'attend. Bon voyage, mon amour ! »

Puis, elle l'embrassa calmement et sortit de la chambre, déchirée mais un peu plus sereine. C'est en ouvrant son cœur, en disant les vraies choses et en puisant dans la source d'amour inconditionnel en elle qu'elle réussit, de son côté, à couper le cordon et à redonner à Louis la *Vie* !

En la croisant sur le seuil de la porte, Joshua lui fit un sourire qui en disait long – comme pour lui dire : « Je suis fier de toi, ma grande ».

Mathilde ne suivit pas son fils cette fois. Elle préférait rester à l'écart du corps de Louis. Intérieurement, elle ne le retenait pas, mais elle se sentait incapable de trouver les mots pour lui exprimer ce qu'elle ressentait. Trop de tumultes dans son esprit, trop d'émotions et de sentiments confus, elle ne pouvait pas. Elle lui ferait ses adieux plus tard, en lui écrivant peut-être.

Sans protocole ni rituel, tout naturellement, le petit passeur d'âmes s'installa à nouveau sur son tabouret, le petit livre ouvert sur le ventre de Louis, et sa petite main sur son cœur :

« Voici le message que j'ai pour toi, Louis. Il m'est venu d'un grand monsieur, tout habillé de blanc. Il dit qu'il est ton Ange Gardien. Écoute bien...

Mission accomplie! *Tu as fait le choix parfait pour toi et pour tous ceux que tu quittes physiquement. Ne te retiens plus en arrière maintenant; avance et regarde droit devant toi.*

La vie terrestre est un séjour, et la mort, une continuité dans l'éternité ! L'amour que tu as semé autour de toi te guidera droit vers ta nouvelle mission. Ton dernier pas ici sera ton premier pas sur ton prochain chemin de vie.

Tu renaîtras, comme tu mourras ! Fais la paix avec tous ceux qui ont croisé ta route, et avec toi-même. Tout au long du chemin vers l'ascension de ton âme, il y aura des mains tendues pour toi. Certaines t'offriront leur aide et leur soutien. D'autres solliciteront le tien. Tu reçois toujours dans la mesure où tu donnes. C'est une grande loi universelle. Alors, assure-toi toujours de donner, sans souci de recevoir… Ainsi tu participeras au Principe de la Vie elle-même, dans la fluidité de l'amour inconditionnel. Garde le focus sur le Cœur…, le temple de l'amour et de la vie. Bénis le Cœur de tous ceux que tu aimes et surtout de ceux que tu n'aimes pas. Ainsi, tu pourras mieux rencontrer l'ombre et la lumière en toi.

Dans le passage, tu croiseras peut-être des monstres, des démons et des serpents. Regarde-les droit dans les yeux, en te rappelant qu'ils ne sont que le reflet de tes peurs, de tes remords et de tes manques. Pardonne-toi, entre dans ton cœur, et passe ton chemin. L'Amour vaincra toujours !

Entre dans la Maison du Père, dans l'humilité, la dignité et la joie ! Entre dans le cœur de Dieu… Il t'attend !

Je serai là pour t'accueillir. Béni sois-tu !

Ton Ange Gardien, Emmanuel

Une longue et douce expiration annonçait la grande finale. Joshua était allé reconduire Louis jusqu'aux portes du Paradis, il pouvait maintenant refermer son petit livre et tirer sa révérence à ce grand homme qui avait marqué sa jeune vie.

Lorsqu'ils se regroupèrent tous autour de sa dépouille, ils purent voir, sur le visage de cet homme si bon, la béatitude et l'état de grâce dans lequel l'âme de Louis reposait déjà. Une nouvelle vie commençait pour lui, et pour tous ceux qu'il laissait derrière lui.

❖ ❖ ❖

À la sortie du salon mortuaire, Michelle invita Mathilde et Joshua à prendre place avec elle et les enfants, dans la limousine qui suivrait le corbillard. Mathilde se sentait privilégiée de faire partie de la famille de Louis, et elle savait que c'était aussi ce qu'il aurait voulu. Touchée par cette attention, elle accepta. Durant le trajet pour se rendre au cimetière, Michelle ouvrit son sac à main et en sortit une enveloppe qu'elle remit silencieusement à Mathilde, qui lut à haute voix :

« *Mathilde !*... Mais, c'est l'écriture de Louis ? dit-elle la gorge nouée.

– Je l'ai trouvée dans la poche intérieure de son manteau, ce matin. Louis sentait venir cette mort, Mathilde. Il m'a dit des choses très prémonitoires, samedi soir dernier. Il t'a probablement écrit cette lettre au cours de la fin de semaine aussi. Comme s'il avait besoin de terminer tout ce qu'il avait à faire et à dire. Dimanche, il est allé seul voir ses parents. Il a aussi téléphoné à Paul et à Diane pour prendre de leurs nouvelles. Il ne faisait jamais ça, il ne prenait pas le temps de s'arrêter à ces petites choses. Souvent, il apportait un dossier à la maison, le vendredi soir. Il savait que je n'aimais pas ça. Alors, parfois il se levait la nuit pour travailler. Mais cette fin de semaine-ci, il n'avait pas apporté sa mallette. Il était complètement avec nous. J'ai vu une transformation s'opérer en lui, la veille même de l'accident cérébral. »

Le cœur de Mathilde battait la chamade ; elle était figée, la lettre entre ses mains. Elle ne savait plus quoi en faire. Joshua la regardait, les yeux remplis de tendresse et de lumière. Il était heureux que Louis lui ait laissé un dernier mot, un dernier clin d'œil.

« Ça me rassure de savoir que tu vas rentrer chez toi, ce soir, avec une partie de Louis dans ton cœur, lui confia Michelle.

— Merci, Michelle, je ne sais plus quoi dire, je suis…, je ne sais pas…, je… »

Et elle prit Michelle par le cou, sans rien ajouter. Il n'y avait plus de place pour les mots. Les vibrations réunies de tous ces esprits remplissaient le cœur des deux femmes qui avaient été si importantes dans la vie de Me Louis Faucher.

DEUXIÈME CYCLE

L'Envol

9

La transformation

L a voiture de Mathilde se dirigeait sous le panneau indiquant « Arrivées/Arrivals ». L'avion de Joshua atterrirait dans une demi-heure. Elle avait peine à contenir sa joie de retrouver le petit roi, qui rentrait de Rome, après une tournée de trois mois en Europe. Le ténor était maintenant reconnu et applaudi à travers le monde. L'Orchestre philharmonique de Rome l'avait accompagné dans cette tournée, au cours de laquelle il avait exécuté ses plus brillantes interprétations.

Lorsque Mathilde l'aperçut à travers la foule, du haut de son mètre quatre-vingts, ses yeux cherchant les siens, ses cheveux noirs, bouclés, retombant sur son col relevé, son visage viril et angélique à la fois, elle s'était dit : *Le petit Roi est devenu un homme.* Un sanglot noua sa gorge, elle le refoula. Elle ne voulait pas être triste, pour ce moment tant attendu. Lorsqu'il repéra enfin son regard, Joshua hâta le pas, se faufilant habilement à travers les passagers ; le sourire illuminant tout son être, il leva la main au-dessus des têtes devant lui, et cria :

« Mathilde, Mathilde… »

Il la fit virevolter dans ses bras solides, le visage enfoui dans le cou de cette femme qui l'avait propulsé au sommet de la gloire. Douze ans s'étaient écoulés depuis la mort de Louis. La vie de Mathilde avait basculé ce jour-là, et elle avait mis presque deux ans à se remettre de cette grande blessure. Un collègue de Louis avait repris sa pratique et engagé du coup sa secrétaire. Mathilde ne se trouvait cependant plus valorisée dans ce travail, qu'elle avait accompli avec tant d'ardeur et de complicité avec Louis. Son âme l'appelait ailleurs.

Son niveau de conscience venait de faire un bond, elle devait avancer. Elle comprit que la perte d'un être cher déchire le cœur et, à la fois, le voile de l'inconscient. À travers le petit messager que Dieu lui avait confié, elle se sentait appelée vers le service à l'humanité. Elle avait lu des dizaines de livres traitant de psychologie, de phénomènes paranormaux et de spiritualité. En plus de son travail, du soutien au développement de Joshua vers cette carrière prédestinée et de son rôle de mère, Mathilde avait entrepris courageusement de retourner aux études, afin d'accomplir sa mission à travers une tâche humanitaire. Elle deviendrait psychothérapeute et se spécialiserait dans la relation d'aide aux jeunes. Trois ans plus tard, la jeune femme quitta son poste de secrétaire légale pour devenir la précieuse accompagnatrice qu'elle savait si bien être naturellement. Ce que Louis lui avait appris, au cours de sa vie et à travers sa mort, elle ne pouvait le garder pour elle toute seule ; elle se devait de transmettre les enseignements de son mentor. Elle était maintenant une femme comblée par son travail, et l'évolution de Joshua ne faisait que continuer à l'émerveiller.

De son côté, le petit roi avait eu une longue période de répit après la mort de Louis. C'est-à-dire que les défunts ne l'avaient presque plus contacté entre l'âge de dix et dix-sept ans. Il ne s'en inquiéta guère, pensant simplement qu'il avait besoin de vivre, comme tous les jeunes de son âge, le passage de l'adolescence. En tout cas, c'est ce que Mathilde l'aida à comprendre le jour où il lui confia qu'il n'avait plus eu aucun signe de vie de l'autre monde depuis six mois. Dans son esprit, nul doute ne s'installa non plus quant à la présence et l'accompagnement de Laurie et de Louis dans leurs vies. Ses énergies étaient centrées sur le chant, sur le développement et la mutation de sa voix. Des professeurs de renom l'avaient entrepris afin de développer le plein potentiel de ce talent grandiose que le garçon avait hérité de sa mère.

Il lui fallut vivre un grand chagrin pour que son *canal* de communication s'ouvre à nouveau. C'était un soir de mai, après une répétition. Il raccompagnait Mélanie, la pianiste de l'Orchestre symphonique de l'université. À dix-huit ans, Joshua étudiait la musique et le chant à l'Université du Québec, à Montréal. Il s'était épris de cette jeune fille, de trois ans son aînée, belle comme une déesse, douce et talentueuse. Une femme-enfant qui avait la douceur de Laurie et le charisme de Mathilde.

Ce soir-là, il osa lui ouvrir son cœur et lui avouer qu'il était tombé amoureux d'elle dès le premier instant. Quelque chose l'avait retenu depuis plusieurs mois à se laisser aller. Mélanie avait déjà quelqu'un dans sa vie.

« Oh ! Joshua, je suis désolée, mais je suis déjà engagée, tu vois, et je préfère que nous restions de bons amis. Tu es beau et plein de talents, je suis certaine que tu trouveras une fille qui saura t'aimer comme tu le mérites. »

Elle lui avait parlé comme on parle à un enfant, pour le consoler. Joshua s'était senti rejeté, humilié et incompris. Il était rentré chez lui, sans dire un mot à Mathilde, qui regardait un film à la télé. Il s'était enfermé dans sa chambre et avait sorti, de son armoire, le petit livre de Joshua.

Chère maman,

Ça fait très longtemps que je ne t'ai écrit, je m'en excuse, j'étais complètement déconnecté. J'espère que ça ne t'a pas blessée que je t'ignore pendant tout ce temps, mais je veux que tu saches que j'ai pensé à toi, chaque jour. Ce soir, j'ai le cœur en miettes et je voudrais tant que tu sois là ; tout au moins, au bout de ma plume. C'est la première fois que je suis amoureux ; je lui ai dit et elle m'a fermé la porte. Elle ne s'intéresse pas du tout à moi ; à ses yeux, je ne suis qu'un gamin, pourtant…, il me semble que je suis mature pour mon âge. Je me sens laid, ridicule et maladroit… La vie terrestre est difficile, maman, je suis fatigué d'être ici, je voudrais te rejoindre. Je travaille très fort pour réussir, j'ai des amis, mais très peu qui comprennent mon langage. Je n'ai jamais parlé du petit livre de Joshua, ni des communications que j'ai eues avec les morts. Ce serait le bouquet, je passerais pour un malade. Mais, au fond de mon cœur, je sais que ce don est là, qu'il m'habite et que je ne l'ai pas perdu. Crois-tu que tu pourrais m'aider, maman ? Est-ce que tu es là ?

Puis il déposa sa plume, enfouissant sa tête entre ses mains, découragé et triste à mourir. Tout à coup, une odeur particulière commença à envahir la pièce. Il huma l'atmosphère jusqu'à ce qu'il reconnaisse l'odeur de l'encens que Laurie et ses amis faisaient brûler pour camoufler la senteur de la marijuana. Il ferma les yeux pour mieux goûter ce doux souvenir et remplir son cœur de la présence de Laurie.

Il reprit la plume :

Comme tu as grandi, mon petit Roi,
Dieu, que tu es beau.

Un premier petit nuage bleu de larmes se dessina sur la page presque blanche du petit livre. Il prit une grande inspiration et reposa délicatement la pointe du crayon sur la ligne, de peur de briser la magie de ce contact.

N'aie pas peur, mon ange, je ne pars pas ; je ne pars jamais, je suis toujours là pour toi. Ton cœur saigne ce soir, mon amour, et je te comprends tellement, si tu savais. L'amour a déchiré mon cœur plus d'une fois, Joshua, mais, à chaque fois, j'ai réussi à le recoudre. Il m'en aura fallu du temps pour comprendre que l'amour guérit tout, quand on sait d'abord se le donner. Ne te rejette pas, petit Roi, ne te quitte pas. Reste bien près de toi et n'oublie pas que Dieu t'aime parfaitement, que je t'aime parfaitement et que Mathilde est là pour toi, et qu'elle t'aime aussi très fort. Tu as une bonne étoile qui veille sur toi, petit Roi, ne la perds pas de vue, je t'en prie. Regarde dans le ciel, ce soir, elle est là, juste devant ta fenêtre, elle scintille plus que toutes les autres, juste pour toi. Crois en ta bonne étoile, Joshua.

L'amour ne fait jamais souffrir. C'est l'émotion qui fait mal et c'est l'ego qui souffre. Ton âme, elle, sait qu'elle baigne dans l'amour, tu comprends ? Ne reste pas avec ce sentiment dévastateur qu'est le rejet. Accueille-toi ! Écris-lui une lettre à cette belle Mélanie. Écris-lui toute ta peine, ton amour pour elle et ta dignité. Laisse monter tout ce que ton cœur aurait voulu lui dire ce soir, mais que ta bouche n'a pas réussi à délivrer. Ou écris une chanson, pour vider ton cœur et exprimer tout l'amour qui t'habite. Dans la douleur, j'ai puisé en mon âme les plus grandes inspirations. J'ai reçu les plus beaux textes d'amour, qui sont encore chantés aujourd'hui, si longtemps après mon départ.

Tu vois, mon ange, les mots que nous gravons sur du papier, sur des disques, ou sur le cœur d'un être aimé, ne s'effacent jamais. Car, dans la mémoire de l'homme, tout est archivé. Les bons et les mauvais souvenirs, les pensées d'amour, de haine, de joie, de peine, de colère, de confiance. Tout, tout, tout, mon petit Roi. C'est pour ça qu'il est important que tu sois attentif à ce que tu graves sur ton disque. Ton esprit est un grand magasin de livres et de disques, et toutes ces mémoires superposées continuent de te suivre, d'embellir ou d'alourdir ta vie. Le bagage que tu transportes, Joshua, il te vient de très loin, tu sais. Il te vient de ta toute première vie, et il t'a suivi jusqu'à celle-ci.

Il est bon de temps à autre de poser ton sac à dos par terre, et de regarder ce qui te sert et ce qui ne te sert plus, sur le chemin de ta vie. Allège le fardeau, mon ange, et repars, léger, vers tes rêves les plus chers. Ne renie pas ton amour pour Mélanie. Garde-le précieusement dans ton cœur, et dis-toi que, si elle est pour toi, elle te reviendra. Si elle ne revient pas, c'est que ton cœur se prépare une rencontre encore plus belle pour toi. Mais surtout, d'ici-là, aime-toi de tout ton cœur !

Sèche tes larmes, enfant de la terre, tu n'es jamais seul. Je guiderai tes pas vers l'amour qui t'a tant manqué dans ta vie. Je t'aime,

Maman xxxxx

Il voulait lui écrire encore, il voulait lui parler…, plus rien ne montait en lui. Comme si la ligne était fermée, la communication, rompue. Il laissa tomber la plume, de sa main fatiguée, et s'allongea sur son lit, les yeux fixant le plafonnier, il prononça ces mots : *Mon Dieu, je voudrais rentrer chez Moi, je m'ennuie tellement de mon Étoile.*

Son casque d'écoute sur les oreilles, il écoutait la voix rauque, et si pure à la fois, de Laurie Brown. Elle chantait « L'Amour ne meurt pas » :

« Je serai là pour toi

Tant que le ciel éclairera la terre

Tant que la vie coulera en toi

Je t'aimerai de ma Lumière.

Et tu sauras que rien ne peut tuer l'amour. »

Sur le chemin du retour, depuis l'aéroport, Mathilde ne pouvait s'empêcher de jeter un œil sur Joshua, tellement elle le trouvait métamorphosé. Quelque chose en lui s'était transformé, sa lumière émanait de partout ; que s'était-il passé là-bas ?

« Mathilde, regarde où tu vas ! lui dit-il en riant.

– Tu devrais conduire, je vais finir par causer un accident. C'est fou, Joshua, tu as tellement changé, tu es un homme maintenant. Juste trois mois, et je ne te reconnais plus. Tu es si beau ! Je suis tellement fière de toi. Depuis ton départ, la radio, les journaux et la télé, toute la presse est braquée sur toi. La critique est unanime, mon chéri. On parle d'un prodige, d'un maître ténor, d'un messager céleste, enfin ils ne tarissent pas d'éloges, c'est merveilleux, Joshua ! Comment te sens-tu ?... Tu ne parles pas, je veux t'entendre, mon grand, allez, raconte. »

Peignant de ses longs doigts son épaisse crinière, il reprit en riant :

« Je n'ai pas trouvé la moindre fissure pour placer un mot, belle Mathilde, et je ne m'en plains pas. De te voir dans cette ronde de joie et d'amour me comble. C'est le plus bel accueil que je pouvais recevoir en arrivant au pays. Je t'avoue que la popularité est parfois lourde à porter. La plupart du temps, ça va assez bien, c'est même gratifiant. Mais, lorsque je suis fatigué, il arrive que ça m'irrite un peu. Mon scénario idéal pour la soirée serait un bon petit souper à la maison, accompagné d'un vin céleste que j'ai rapporté d'Italie, juste pour nous deux! Et là, je te raconterai tout, tout, tout. C'est *cool* ?

– C'est *cool* ! dit Mathilde, satisfaite. »

La chaleur du décor de la petite maison où Joshua avait grandi l'accueillait à bras ouverts. L'odeur enivrante du feu dans la cheminée l'invitait aux confidences et au repos. Plus de protocole, ni d'artifices ! Joshua avait appris, au cours de cette tournée, la signification réelle de « la rançon de la gloire ». Rien de plus rassurant que le bonheur simple d'être chez soi.

Mathilde tournoyait d'un chandelier à l'autre, allumant toutes les bougies qu'elle pouvait trouver dans la pièce, afin de créer l'ambiance parfaite à leurs retrouvailles. Joshua l'observait avec tendresse. Elle n'avait pas changé, toujours aussi enthousiaste et entière. Mathilde avait le don de transformer un décor, d'agencer les couleurs, d'apporter la lumière pour que la magie émane de partout. Il souriait en se rappelant combien il l'aimait, sa Mathilde. À cette pensée, elle se tourna vers lui et, d'un air coquin, lui dit :

« Moi aussi, je t'aime, tu sais ! »

Il acquiesça d'un clin d'œil. Suivant maintenant l'odeur envoûtante du bœuf bourguignon qui mijotait, il se dirigea vers la cuisine. En passant devant la table dressée pour la fête, il aperçut, sous le vase de lys blancs, la couronne du petit roi. Ému, il se souvint de la magie que Laurie avait inventée pour lui, ce jour-là. *Comme elle serait fière de son petit Roi ! Chère maman, comme tu me manques*, pensa-t-il.

« Ta-Dam..., fit-il, de retour au salon, la bouteille de champagne, d'une main, les coupes, de l'autre !

– Oui ! s'exclama Mathilde..., champagne pour tout le monde, et que la fête commence ! »

Elle choisit la voix de Laurie en musique pour les accompagner et déposa, au centre de la table, la photo de Louis, rayonnant de joie. Pendant ce temps, Joshua faisait sauter le bouchon de l'élixir. Remplissant les verres de cristal, il clama :

« À la vie, à l'amour, à toi… »

Puis, l'écho de Mathilde retentit aussi ardemment :

« À la vie, à l'amour, à nous… »

Le synchronisme était parfait, tout se mariait harmonieusement dans l'énergie électrisante qui les réunissait. Laurie chantait : « L'amour ne meurt pas… »

Joshua souriait, se rappelant le message qu'il avait capté d'elle à dix-huit ans, à sa première peine d'amour. Il en avait eu la preuve éminente à Paris… « L'amour ne meurt pas et ne fait pas souffrir », disait la chanson. Dieu, qu'il les avait vécues ces paroles au cours de ce voyage initiatique… Il se rappela aussi la dernière phrase de la communication reçue de sa mère, ce jour-là… *Je guiderai tes pas vers l'amour qui t'a tant manqué dans ta vie.* Maintenant, il comprenait parfaitement le sens de ce message.

Mathilde brûlait d'envie de savoir, d'entendre ce qui avait transformé le petit roi. Elle ne tarderait pas à l'apprendre.

Joshua attendit vers la fin du repas pour commencer à raconter l'épisode tant convoité. Il savait que Mathilde allait vivre quelques bouleversements à travers ce récit. Il connaissait ses zones d'insécurité et de doutes. Il savait qu'il allait toucher des parties d'elle très sensibles. Mais le temps était venu de couper le cordon, ou du moins de le relâcher. Ils achevaient de savourer le délicieux vin italien, lorsque Mathilde, à bout de patience, lui dit:

« Je t'en prie Joshua, cesse de me faire languir maintenant, raconte ! Tu as fait une rencontre ? Dis-moi tout, vite, je meurs d'envie d'entendre ton histoire.

– Oui, Mathilde, j'ai fait une rencontre. Une rencontre très spéciale, vraiment inattendue. C'était à Paris. Un soir après la représentation, j'avais envie d'être seul. Mon impresario, qui me suit d'habitude pas à pas, à dû comprendre ce soir-là qu'il s'agissait d'un besoin essentiel pour moi. Alors, il a respecté ma demande. Je me suis démaquillé, j'ai pris une douche et j'ai enfilé mon jeans et mon pull pour mon plus grand bonheur.

« Il était tard, je croisai peu de passants. Je déambulais dans les rues de Paris, essayant de rapatrier mon sentiment de liberté et de solitude. J'ai marché comme ça, pendant plus d'une heure. À un moment donné, je suis passé devant un café-bistro qui m'avait l'air fort sympathique. Par la fenêtre, j'ai pu voir qu'il n'y avait qu'un homme dans un coin du café, qui sirotait un espresso. J'entrai et je m'alignai droit vers l'autre coin, prenant au passage un journal que je ne lirais pas, juste au cas où j'aurais besoin d'un paravent.

« Une musique de jazz bien choisie, de Bill Evans, rendait l'atmosphère relaxante, à l'instar du jeune garçon de table. Le café était exquis, je me retrouvais enfin avec moi, simplement là à n'attendre personne, juste être. J'ouvris le journal en jetant furtivement un coup d'œil à mon voisin. Il n'avait pas bronché d'un poil. Ses cheveux noirs légèrement grisonnants sur les tempes, ses grandes jambes croisées, son bras allongé sur sa cuisse et son autre main tenant précieusement sa tasse de café. On aurait dit une statue. Il portait des lunettes fumées, et le bas de son visage ne semblait pas trop ridé. Difficile de lui donner un âge ! Je me dis qu'il essayait, comme moi, de se fondre dans le décor.

Je savourais cet instant de plénitude quand, soudainement, j'entendis un bruit de verre se fracassant sur le plancher d'ardoise. La soucoupe était restée collée à sa tasse pour aller s'éclater sur le sol. Ses grands doigts fins fouillaient la table à la recherche d'une serviette ou je ne sais trop quoi. Il regardait toujours droit devant lui et, là, je réalisai qu'il était aveugle. Spontanément, je fis un bond vers lui pour l'aider. J'entendis alors, derrière le comptoir, le serveur lui dire de façon sympathique :

"Ah ! Non, Buddy, pas encore ! Je t'ai dit de mettre le napperon au-dessous de ta tasse."

« L'homme riait de la réprimande de Charles, qui était devenu son ami, depuis le temps. Je me retrouvai debout devant lui, ne sachant plus trop ce que je faisais là. Il me cherchait de la main ; tâtonnant mon bras, il me dit :

"Ça va, mon ami, ne vous en faites pas, ce n'est rien. Charles est habitué à mes éclaboussures. Il en a vu d'autres, n'est-ce pas, Charly ?..., d'autres genres d'éclaboussures, je veux dire !"

« Ils riaient aux éclats tous les deux, se remémorant quelques virées qu'ils avaient prises autrefois ensemble. Je m'excusai, m'en retournant dans mon coin, lorsque je l'entendis me dire :

"Vous pouvez vous joindre à moi, si vous n'avez pas trop peur d'être aspergé. À votre accent, je vois que vous êtes Québécois..., j'aimerais bien vous entendre encore un peu."

« Curieusement, la présence de cet homme n'envahissait pas mon espace. Même qu'il m'intriguait. Quelque chose de magnétique m'attirait vers lui. Comme si j'avais senti le besoin de découvrir ce personnage, ni jeune, ni vieux, ni en santé, ni malade, ni heureux, ni malheureux. Pendant une seconde, je me suis demandé s'il était vraiment là.

"Euh..., ooui..., je veux bien, si ça ne vous dérange pas. Je vous offre un autre café...

– Ah non ! ce ne sera pas nécessaire, Charles a de la compassion pour un pauvre aveugle qui fracasse sa vaisselle. Il refait le plein, les yeux fermés, et gratuitement en plus…, dit-il de son rire taquin. Si vous voulez absolument m'offrir à boire, je prendrai bien le petit Rémy Martin qui se marie parfaitement à l'espresso, c'est à peu près le même prix, je crois !…"

«Charles dodelinait de la tête en souriant, et me dit :

"Vous n'avez pas fini avec lui, monsieur… C'est un spécimen rare, ce Buddy, mais vous ne vous ennuierez pas, ça, je vous le jure !"

« Avant que j'aie consenti à lui offrir le cognac tant convoité, le serveur lui apporta, d'une main, sa nouvelle tasse de café et, de l'autre, un double cognac.

"Désolé, Monsieur, mais Buddy ne prend rien de moins qu'un double, me dit-il en me lançant un clin d'œil.

– Ah ! mais c'est parfait, c'est comme ça que je le prendrai, moi aussi, lui répondis-je. Merci, Charly !"

« Le curieux personnage me tendit la main :

"Buddy McCloud, dit-il, avec son accent *british*.

– Joshua Brown…, de mon accent purement montréalais.

– Dites donc, jeune homme, si je me fie au timbre de votre voix, vous n'avez pas plus d'une vingtaine d'années, me lança-t-il.

– Je viens d'avoir vingt-deux ans. Vous avez bien deviné.

– Ce n'est pas du domaine du devin, mon bonhomme, c'est l'expérience. Même lorsque je voyais clair, je fermais souvent les yeux pour écouter les gens. La voix, ça en dit long sur une personne, vous savez. Vous chantez ?"

« Alors ça y est, me suis-je dit, il est clairvoyant, ou il m'a entendu en entrevue à la radio. »

Mathilde écoutait Joshua comme un enfant à qui l'on raconte une histoire avant de s'endormir. Les yeux écarquillés, les sourcils relevés, elle buvait chaque mot. Joshua était un excellent conteur. C'était comme si elle était là, dans le bistro, et qu'elle voyait chaque scène se dérouler devant ses yeux. Elle dégustait son vin qui accompagnait parfaitement ce récit exquis.

« Continue, Joshua, c'est passionnant.

— Alors, je lui répondis qu'effectivement je donnais un concert à l'Olympia, et que j'étais originaire de Montréal. Bref, je lui fis un portrait de mon cheminement musical, mais rien de ma vie privée. Je n'y tenais pas et, d'ailleurs, il se fit très discret et respectueux à ce sujet. Il continua…

"Eh bien, je suis honoré de votre compagnie, cher Joshua. C'est assez phénoménal, un jeune homme de votre âge, déjà au sommet de sa carrière… Mais, voyez-vous, je dis au sommet, sauf que je crois que vous irez encore plus haut, encore plus loin, beaucoup plus loin. Je vous dirais même que peu de gens sont allés là où vous irez.

— Êtes-vous clairvoyant ? me risquais-je.

— Pas clairvoyant, Joshua, non-voyant, dit-il en faisant débouler son rire contagieux.

— Mais c'est que vous semblez en savoir plus long sur moi que moi-même.

— Ce ne sont que des visions intuitives, mon ami. Ne prenez pas trop au sérieux ce que je vous raconte. Vous savez, je n'ai pas perdu que la vue…, j'ai quelques fusibles de sautés, à part ça. *God save the Queen !*" clama-t-il, en levant son double cognac, et cherchant à cogner le mien.

« Je levai mon verre en répétant timidement après lui : *God save the Queen.*

"Vous êtes anglais, lui demandai-je poliment.

– Dites-donc, Joshua, me dit-il presque secrètement, êtes-vous clairvoyant ?"

« Cette fois, je riais avec lui. Je commençais à suivre son rythme, à intégrer son humour et ceci, à mon plus grand bonheur. Ça me rappelait Laurie et ses amis, ils avaient tellement de plaisir. Parfois ça dégénérait un peu, mais ils avaient tant d'humour et les personnages étaient si colorés. Je me suis aperçu, Mathilde, que j'avais perdu le petit gars au-dedans de moi, et que l'adolescent ne s'était pas tellement éclaté non plus. J'ai pris conscience que je ne jouais plus, que je ne m'amusais plus. »

Mathilde reçut de plein fouet la réflexion de Joshua, comme un reproche. Un sentiment de culpabilité l'envahit et s'inscrivit sur son visage. Après tout, c'est elle qui l'avait poussé dans cette voie ; c'est elle qui avait tant à cœur que Joshua devienne « quelqu'un de bien », se disait-elle. Mais faire « quelqu'un de bien » ne signifie-t-il pas, aussi, « quelqu'un de bien dans sa peau » ? Joshua perçut ce malaise chez Mathilde :

« Mais non, Mathilde, ce n'est pas ta faute. C'est moi qui me suis toujours demandé d'être plus grand, plus fort et plus responsable que tout le monde.

– Je ne t'ai pas aidé dans tout ça, mon grand. La surresponsabilisation, ça me connaît, tu sais. Et c'est clair que je t'en ai demandé autant que je m'en suis demandé dans ma vie.

Ta rencontre avec ce personnage me fait prendre conscience d'un tas de choses...

— Et je n'en suis qu'au début..., lui rappela-t-il, en posant sa main sur la sienne.

— Ah oui ! Continue, Joshua. Je passerai la nuit debout s'il le faut, mais je ne me coucherai pas sans connaître l'issue de cette rencontre.

— Eh bien, voilà, finalement il n'a jamais répondu à ma question sur ses origines. Il a plutôt parlé, vaguement, de musique, de sa jeunesse, et il a effleuré le sujet de la santé, en m'expliquant qu'il était atteint de diabète juvénile. Qu'il se piquait à l'insuline depuis l'âge de douze ans et que, maintenant, il avait besoin de dialyse. Ce qui m'expliqua la cécité, dont il souffrait. À un moment donné, il s'est enfilé le reste du cognac qui avait réchauffé au creux de sa longue main, a reposé fermement son verre sur la table, il s'est coiffé de sa casquette et, d'un bond, il s'est levé. Se tenant droit comme un piquet, il a dit solennellement :

"Charly, taxi s.v.p. C'est l'heure d'aller étaler ma carcasse sur mon bon vieux matelas et de ronfler mon Rémy Martin. Ce fut un plaisir, cher ami Joshua, ne lâchez pas ; je vous l'ai dit, vous irez loin, foi de musicien...", me lança-t-il. Je venais d'apprendre qu'il était musicien. Pourquoi ne m'avait-il rien dit avant ?

« Sans plus, il aligna sa canne blanche devant lui, et se dirigea dignement vers la sortie d'où il entendrait son taxi arriver.

— Et tu ne l'as plus revu ? demanda Mathilde, inquiète.

— Il restait quatre soirs de représentation à donner à Paris. Je me dis que je pourrais retourner au bistro et, sûrement, le revoir. Alors, le surlendemain, j'y retournai, vers la même heure. Il n'y était pas. Charles vit sur mon visage une légère déception.

"Croyez-vous qu'il viendra plus tard ?

– Non, Joshua, Buddy ne reviendra peut-être plus. Il a été hospitalisé hier d'urgence. Un coma diabétique. Vous avez eu de la chance de le rencontrer, c'est un homme très spécial, il a un cœur d'or.

– Je ne sais pas ce qui me pousse à vous demander ça, mais je dois le revoir avant de partir. Je quitte Paris dans deux jours, et je tiens à lui dire au revoir, vous comprenez ? À quel hôpital est-il ?

– Il est à l'Hôtel-Dieu, chambre 2248. Si vous voulez, je peux vous accompagner ; j'allais justement le voir en terminant. Vous pouvez m'attendre ou, si vous préférez, je peux vous appeler un taxi maintenant.

– S'il vous plaît, je préfère y aller tout de suite. Merci, Charles."

« Lorsque je me retrouvai au pied de son lit, je repensai à Louis. Je me dis que j'étais peut-être appelé à accompagner des âmes dans leur passage d'une vie à l'autre, et que la vie les plaçait comme ça sur ma route. Je commençais à mieux comprendre ce sentiment d'urgence à revoir cet homme. Un homme avec qui j'avais passé deux heures, tout au plus. Il fallait qu'il y ait une explication à ce magnétisme qui m'attirait vers lui.

– Était-il déjà parti, lorsque tu es arrivé ? demanda Mathilde, avide du dénouement.

– Non, il était même sorti du coma, mais il dormait. Je me suis assis sur le fauteuil près de lui, attendant qu'il se réveille. Ses yeux, maintenant découverts de ses lunettes fumées, laissaient voir des sourcils prononcés et des joues saillantes. Il ne semblait pas souffrir. Peut-être partira-t-il paisiblement dans son sommeil, me dis-je. Discrètement, un doigt, puis deux se mirent à se dégourdir et, bientôt, c'était toute la main qui s'avança vers le bord du lit. Je lui prêtai la mienne, et il me reconnut aussitôt.

"Salut Josh, dit-il, comme si on se connaissait depuis toujours. Comment vas-tu, aujourd'hui ?..., d'un ton railleur, et la bouche pâteuse.

— Ne vous fatiguez pas, Buddy, je suis juste passé vous dire au revoir. Je repars dans deux jours pour Rome et, je ne sais pas pourquoi, je tenais à vous dire merci pour cette soirée, et pour tout l'encouragement.

— Oh non ! petit, tu n'es pas venu « juste » pour me dire au revoir et pour me remercier. Tu es venu me dire « Adieu », et j'en suis fort aise. Mon voyage se termine ici, mon ami..., j'ai brûlé tout mon carburant, j'ai abusé des bonnes choses de la vie, j'ai vécu à fond de train, comme on dit au Québec. Mais tu sais quoi, Josh ? Je ne regrette rien. Je m'en vais heureux et satisfait. Au fond, je n'ai qu'un seul regret..., c'est de ne pas avoir eu d'enfant, vois-tu ? Mais, que veux-tu ? Il faut faire des choix dans la vie. Retiens ceci, Josh, tout au long de ton parcours sur cette terre, tu auras toi aussi des choix à faire. Et c'est le plus beau cadeau de la vie, ce pouvoir de choisir, que l'on a.

— Oui, je sais, ça m'arrive d'y penser, de me demander si j'aurai une femme et des enfants, c'est…

— Ah ! mais non, m'interrompit Buddy, il est trop tôt pour penser à ça, tu n'as que vingt-deux ans. Profite de la vie, de ton succès, de tes amis. Décongestionne un peu, mon ami ! Les femmes sont si belles à vingt ans. Ah ! que de beaux souvenirs tu me fais revivre. J'avais ton âge, c'était en 1966. J'avais quitté Londres, ma ville natale, en 1962, pour aller m'installer à Montréal. Elle était venue des États-Unis, pour donner un concert rock. C'était la star de l'époque. Tu es trop jeune, tu n'as pas connu ce talent et cette beauté qu'était Laurie Brown…"

Buddy contemplait, recueilli en lui-même, le visage de Laurie. Il revivait, extasié, cette nuit inoubliable.

"Laurie Brown, répétait-il…, un Ange dans un corps de femme ; une perle sur mon cœur, pendant toute une nuit." »

En racontant ce passage à Mathilde, Joshua revivait ce moment comme s'il y était. Il avait pâli (pas autant que Mathilde) ; ses lèvres sèches ne pouvaient plus émettre un son, son corps tout entier s'engourdissait, il tremblait de tous ses membres.

Mathilde se retrouva sous le choc aussi, croyant s'évanouir devant ce témoignage incroyable.

« "Je ne l'ai jamais revue, reprit Buddy. Une dizaine d'années plus tard, plus ou moins, la presse internationale annonçait qu'elle avait été assassinée. Ça m'a crevé le cœur. Je la reverrai peut-être au paradis, s'ils me laissent entrer…, lança-t-il, s'étouffant de rire."

« Un silence implacable tomba. Il huma l'air pour vérifier si j'étais encore là…

"Tu ne dis plus rien, mon ami, qu'est-ce qui se passe ? Est-ce la première fois que tu vois un vieux *schnok* en train de trépasser ? Il ne faut pas te laisser impressionner, c'est juste une vieille enveloppe que je laisserai sur ce lit. Ils m'attendent pour un concert rock, là-haut. Je suis sûr qu'ils sont en panne de bons bassistes. Hein, qu'est-ce que tu en penses ?"

« Puis il se tourna, allongea le bras et me chercha. Il toucha mon visage inondé de larmes, j'avais lâché sa main pour qu'il ne s'aperçoive pas que je tremblais comme une feuille. J'attendais sa question, mais la réponse ne me venait pas…

"Eh ben, dis donc, t'en fais une tête ! Qu'est-ce qui te bouleverse comme ça, mon garçon ?

— Laurie Brown, c'est ma mère…, lui dis-je, d'une voix presque qu'inaudible."

— Ah ! mon Dieu ! dit Mathilde, qu'est-ce qu'il a dit ?

— Rien. Un long silence s'imposait. Je devais lui laisser le temps d'additionner, de soustraire, de déduire. Tous les morceaux du casse-tête se mettaient en place. Buddy était mon père. Ma mère n'avait jamais été claire avec moi sur ce sujet. Mais, parfois, lorsqu'elle avait bu, elle devenait très nostalgique et elle parlait d'un homme merveilleux aux cheveux couleur charbon et aux yeux noirs comme du jais, qui jouait de la guitare et qui lui avait fait le plus beau cadeau du monde. Je n'ai jamais su quel était ce cadeau. Aujourd'hui, je le sais. C'est moi, le cadeau de Buddy à Laurie ! Mathilde, tu pleures ?

— Ne t'arrête pas, Joshua…, je ne peux rien dire pour l'instant. Continue, s'il te plaît.

— Après quelques minutes, je ne sais pas, j'avais complètement perdu la notion du temps, j'ajoutai :

"Je suis né le 23 avril 1966, d'un père inconnu. C'est pour ça que je porte le nom de ma mère."

« J'avais besoin de lui donner ces informations à petites doses. Sur son visage, le sourire d'extase se transforma en une grande joie, comme celle du père à qui on vient d'annoncer : "c'est un garçon !" De grosses larmes roulaient sur ses joues saillantes et les sanglots accompagnèrent son rire hystérique. Je ne savais plus quoi faire, ni quoi dire. J'aurais voulu le prendre dans mes bras, ce père inconnu et si beau à la fois. Je me voyais en lui, je suis son portrait, Mathilde, c'est incroyable. Je trouvai quelque part en moi la force de m'asseoir près de lui, sur le bord du lit et je caressai son visage en lui répétant sans cesse : *papa, papa, papa...*, comme si je voulais prononcer ce mot pour toutes les fois dans ma vie où je n'avais pu le prononcer, et pour toutes les autres fois où je ne pourrai plus jamais le dire.

"Josh, mon fils, me dit-il calmement..., maintenant, je pars sans aucun regret ! Je pars en sachant que je laisse un fils merveilleux à la terre. Je t'aime et, de là-haut, Laurie et moi, on va suivre ta vie, on va souffler notre amour dans tes ailes, et tu vas voler, Josh, voler au-delà des étoiles ! Souviens-toi du plus grand succès de Laurie, « L'amour ne meurt pas ». *Je serai toujours là pour toi, de ma Lumière je veillerai sur toi*", fredonna-t-il en faussant. »

C'est alors qu'il ferma doucement les yeux, attrapant fermement la tête de Joshua qu'il appuya sur sa poitrine, solide comme un roc. Il expira et laissa s'affaisser tout son corps, sous le corps de son fils. Joshua demeura ainsi un long moment, à écouter le silence de son cœur.

Joshua acheva son récit :

« Ce jour-là, j'ai assisté à la naissance et à la mort de mon père. J'ai vu la transformation de la chenille en papillon ! Comme si j'avais effleuré, le temps d'un battement de cil, le bonheur d'avoir un père. »

Il se laissa tomber, comme un tout petit garçon, dans les bras de Mathilde et il pleura tout son saoul, libérant les émotions qu'avait fait remonter en lui cette rencontre d'âme à âme.

Un tourbillon de pensées virevoltait dans l'esprit de Mathilde, qui se sentait totalement impuissante. Elle nageait dans l'inconnu. Le moment était sacré, il n'y avait plus rien à dire. Lorsque Joshua releva la tête, Mathilde lui dit :

« Et si on se versait un bon cognac et qu'on portait un toast à la nouvelle vie de Buddy, et à ta nouvelle vie ?

– Génial, répondit Joshua, mais rien de moins qu'un double ! »

Assis par terre devant le feu, ils se retrouvaient côte à côte, sirotant leur double cognac. Mathilde sentait, dans son corps et dans son âme, que sa relation avec le petit Joshua, venait de se transformer. Elle se questionnait sur sa propre générosité. Avait-elle déjà encouragé Joshua à retrouver son père. Pourtant, elle y avait souvent pensé. Mais sa peur de « perdre » son petit roi l'avait freinée. *J'ai été égoïste*, se dit-elle. Si j'avais su lui ouvrir une porte et faire les démarches avec lui pour retrouver son père, peut-être aurait-il pu jouir de sa présence et de son amour. Maintenant Buddy était mort. Il était inutile de revenir en arrière et se faire des reproches. Pourtant, Mathilde ne pouvait s'empêcher de s'en vouloir. Toute sa vie, elle avait vécu dans l'absence de l'amour d'un père, et elle avait survécu. L'histoire de Joshua et de Buddy venait la bouleverser et remettre en question toutes ses croyances et son renoncement. Elle réalisa soudainement qu'elle avait transmis à Joshua son propre mal à l'âme.

« Mon ange, lui dit-elle, je te demande pardon… »

Joshua essaya d'intervenir…

« Non, laisse-moi continuer. Écoute ce que j'ai à te dire. J'ai fait de mon mieux avec les outils que j'avais à vingt-six ans, et tout au long de notre chemin de vie ensemble. Le jour où tu es entré dans ma vie, je savais que tu étais pour moi la personne la plus importante au monde. Mais j'ai aussi cru que tu pouvais être la personne qui ferais mon bonheur et qui comblerais tous les manques de ma vie. J'ai réussi jusqu'à un certain point à t'amener là où tu es. Mais je me suis aussi servie de toi pour mon propre réconfort. Sans le vouloir, Joshua, je t'ai transmis mes propres blessures. J'ai cru que l'absence d'un père dans notre vie ne faisait aucune différence, puisque, moi, j'y étais parvenue, privée de cet amour. Aujourd'hui, tu m'as raconté la plus belle histoire d'amour entre un enfant et son père. Je me trouve coincée entre la culpabilité de t'avoir privé de la présence de ton père et toutes les séquelles que je traîne de par l'absence du mien dans ma vie. Pourquoi crois-tu que je ne peux entretenir une relation avec un homme? C'est que, vois-tu, dans mon cœur de petite fille, je n'ai pas la certitude qu'un homme puisse m'aimer et prendre soin de moi. Je n'ai pas de référence. C'est pour ça que je m'étais tant attachée à Louis. Je savais qu'il n'était pas disponible, alors ça confirmait ma croyance…, "un homme ne peut pas m'aimer et être présent pour moi". Ensuite, j'ai compensé par ton amour et ta présence. Maintenant, Louis est mort et, toi, tu prends ton envol et tu vas vivre ta vie. J'accepte ce détachement, maintenant. Je sais que l'amour ne peut se vivre autrement que dans la liberté. Je t'aime assez pour te laisser partir, mon grand. Ce soir, Joshua, je me retrouve devant *ma* vie et je suis très consciente que c'est "la blessure à mon père" que je dois guérir avant tout. Parce que, vois-tu, mon petit Roi, après toi, après Louis, après mon père, c'est l'heure de la rencontre avec *moi*. »

Elle prit une longue et profonde inspiration, afin d'intégrer ce qu'elle venait de confier à Joshua. Le petit roi restait là, tête baissée devant le feu de foyer, réfléchissant à tout ce que Mathilde venait de lui dire. Il reprit :

« Mathilde, ma belle Mathilde, je crois que le sentiment le plus destructeur est la culpabilité. Tu as fait de ton mieux, et tu m'as donné le meilleur de toi-même. Si mon père n'est pas apparu dans ma vie avant ce jour, c'est que tout était mieux comme ça. Vois-tu, la vie est intelligente, Mathilde. La vie se charge de nous faire traverser les ponts au moment même où nous sommes prêts à les traverser. Le plus important est de ne jamais regarder en arrière pour se blâmer, mais plutôt de regarder l'instant présent pour voir ce que nous sommes capables de faire pour transformer un passé déficient en un présent et un avenir meilleurs. »

Sur ces mots de sagesse, ils restèrent silencieux. L'alcool commençait à leur monter à la tête. Le feu continuait de réchauffer leurs corps et leurs esprits. Tout à coup, ils se regardèrent dans les yeux et se mirent à rire !

« Joshua, je crois que nous avons trop bu…, lui dit-elle.

– Ah ! Mathilde, un brin de délinquance ne nous fera pas tort. Je crois même qu'on devrait faire ça plus souvent ! Notre relation vient de changer ce soir. Tu peux laisser l'oiseau voler, et prendre soin de toi maintenant.

– Je viens de comprendre la transformation que tu viens de vivre, Joshua ! Se pourrait-il que les enfants viennent sur la terre pour "élever" leurs parents ? »

Elle appuya sa tête sur l'épaule de Joshua, qui l'entoura de son bras, et ils se bercèrent sur la musique de Jacques Brel qui chantait « La quête ».

10

Les visiteurs nocturnes

Il faisait bon se retrouver chez soi, et Joshua appréciait grandement les quelques semaines de vacances devant lui. Les tournées lui apportaient toujours une plénitude au niveau spirituel, mais demandaient beaucoup au niveau physique. Il allait maintenant pouvoir se créer des espaces de solitude, de lecture et de contact avec la nature. Bref, il allait se rendre réceptif à l'au-delà puisque, depuis le message de Laurie, quelques années plus tôt, il n'avait trouvé que peu de temps pour établir ces contacts qui, pourtant, lui apportaient tant d'éclairage.

Ce soir-là, il avait défait ses bagages et rangé ses affaires. Lorsqu'il eut mis la main sur « le petit livre de Joshua », il s'était assis sur le bord de son lit, souriant à ce recueil si précieux. Il remarquait qu'à chaque fois qu'il tenait ce livre entre ses mains, une chaleur montait en lui, une énergie renouvelée s'infiltrait dans son corps, pénétrait son âme et son esprit. Il se dit que cela devait tenir de l'aspect sacré des choses. *Au-delà ne signifie pas nécessairement au-dessus de nous*, se dit-il. Cette réflexion l'amena à réaliser à quel point, par-delà de ce qui est visible à nos yeux humains, des forces travaillent avec nous, en nous et à travers nous.

Il ouvrit naturellement le petit livre, le laissant lui présenter le message qui était là pour lui. C'était le jour du douzième anniversaire de décès de Laurie, que Joshua avait écrit cette lettre à sa mère :

Chère maman,

Aujourd'hui, ça fait douze ans que tu es partie. Un jour j'ai reçu un message de l'au-delà qui me rappelait que la vie continue après la mort. Depuis ce jour, je répands la bonne nouvelle par mes chansons et les messages que je reçois. Je sais que tu es très fière de ton petit Roi. Aujourd'hui, maman, comme souvent dans ma vie, j'ai besoin de ton amour, de ta lumière, d'un message de toi. Je suis fatigué, et je sais que le temps est venu pour moi de faire les choses autrement… J'ai peur de ce changement que je sens s'opérer malgré moi. J'ai peur de me tromper, de manquer de soutien, de ne pas être à la hauteur. J'ai juste besoin de ton amour, de ta «vision», au-delà de l'humain !

Peux-tu m'éclairer, j'ai tant besoin de toi…

Joshua xxxxx

Mon Ange,

Je t'aime tant, et je suis plus que fière de toi…, je crois en toi, je t'admire et je sais qu'il te faut du changement ! Les *messages t'*arrivent *de partout, n'oublie pas que ton rôle est de* recevoir *et d'*enseigner.

Nous sommes avec toi, Joshua. Tu te crois souvent seul, mais nous sommes là, et tu le sens, lorsque tu t'arrêtes un peu. Chaque fois que tu te sens insécure et ambivalent, re-connecte-toi à ta source. Prends conscience que, plus tu es près de Dieu, plus la lumière est grande, et moins tu as peur. Lorsque tu t'éloignes du puits d'amour en toi, tu ne vois plus, tu n'entends plus.

Nous venons écrire ce livre avec toi. Les gens de la terre l'attendent et les mamans du paradis ont toutes leurs plumes prêtes à livrer leurs messages. Tu es capable, Joshua. N'aie pas peur… Chaque fois que tu fais un pas de plus vers ta mission, Dieu te procure tout ce qu'il te faut pour l'accomplir

Tu verras, petit Roi, au meilleur moment, à l'endroit idéal, le soutien affectif sera là pour toi. Tout est déjà inscrit dans le plan divin, mon amour. Il n'en tient qu'à toi de faire ce « pas ». Ne te retiens plus en arrière ; va, confiant, et pose un geste de foi et d'amour envers toi. Tous ceux qui ont soif de lumière, et qui sont prêts à avancer sur le chemin de la guérison, en bénéficieront.

Souviens-toi toujours que tu es au service de la lumière et non des individus. Les résultats ne t'appartiennent pas, qu'ils soient bons ou mauvais à tes yeux. Chacun porte en lui la même flamme que toi ; chacun est venu sur la terre pour son évolution et possède les outils pour son épanouissement. Sers-toi de ce que tu *as reçu, simplement ! Laisse monter ta voix haut dans le ciel, et l'énergie de l'amour fera le reste.*

Tu avances sur le chemin de l'amour et de la liberté, et je suis avec toi ! Regarde tout ce qui est devant toi, rends grâce et écoute l'élan de ton cœur.

Je t'aime pour l'éternité,

Maman xxxxx

Joshua relisait encore et encore, le passage où Laurie disait : « *au meilleur moment, à l'endroit idéal, le soutien affectif sera là pour toi.* »

Il avait l'impression de lire ce message pour la première fois. Il faisait maintenant le lien, très clairement…, le petit café-bistro, les retrouvailles avec son père, tout était en place pour le recevoir et le propulser. C'était magique, se disait-il, il fallait continuer.

Il prit sa plume, ferma les yeux et invoqua les esprits présents dans l'invisible à lui transmettre leur message. Sans rien demander, sans rien attendre, il laissa glisser les mots sur la page vierge.

AU NOM DE LA PAIX !

Le symbole de la Paix est le 8, qui représente l'infini. Nous sommes avec vous, nous sommes heureux de pouvoir vous apporter un rayon de notre lumière.

La guerre a trouvé une voie pour se manifester, une voix pour détruire ! La guerre ne peut-être l'œuvre du divin, car le divin est créateur et non destructeur. D'autres solutions existent. Le choix de la guerre est un choix radical, qui ne laisse aucune marge de négociation, c'est-à-dire, de communication. La vie est sacrée et, au nom de Dieu, vous ne pouvez justifier vos guerres. Trouvez en vous-même la paix et répandez cette paix autour de vous, en maintenant des communications transparentes, intègres, saines, dans le partage et l'amour.

Sachez reconnaître vos différences, et acceptez-les. Retirez-vous d'une table autour de laquelle on vous sert des propos qui vont à l'encontre de votre paix, de vos valeurs fondamentales et de votre fréquence vibratoire. Faites la paix en disant la vérité, celle qui vous habite. Qu'est-ce que la vérité, me direz-vous ?

Tout simplement, ce qui fait du bien…

Soyez vrai avec vous-même et ayez le courage de votre foi et de votre amour. Ainsi vous pourrez désarmer l'adversaire, puisque vous serez entouré de votre lumière.

Au nom de la Paix, fruit de l'amour, je vous bénis, je te bénis, toi qui écris ces lignes, et toi qui les lis. Je t'invite à inspirer profondément, centré sur le cœur, à garder quelques secondes cette inspiration, pour bien nettoyer tes peurs, et expirer ensuite toutes tes tensions. Sens maintenant la paix qui t'habite. Ferme les yeux et visualise aussi clairement que tu peux le symbole du chiffre 8 et prends conscience de l'infini.

Dis en toute confiance, à haute voix : « l'Amour divin guide ma vie, je suis tout équipé pour mon plan, j'avance, confiant, sachant que mon ange gardien tient le phare allumé pour moi ! »

PAIX SUR LA TERRE !

Joshua posa sa plume et passa sa main sur le message, comme pour le bénir. À l'instar du tout premier message qu'il avait reçu, il n'en comprenait pas tout le sens et n'essayait pas de l'analyser non plus. Il avait appris à se laisser baigner dans la lumière de ces paroles, sachant que, plus tard, en les relisant, leur portée se préciserait. Il tombait de fatigue. Refermant son petit livre délicatement, il remercia les êtres, quels qu'ils soient, qui étaient venus embellir son âme. Il s'endormit dès que sa tête toucha l'oreiller.

Vers 3 h 30, cette nuit-là, il fut réveillé par le bruit de pas dans le corridor, qui s'approchaient de sa chambre. Il ne reconnut pas la démarche de Mathilde, c'était beaucoup trop sourd et trop lent. Il s'assit pour mieux écouter, et se pinça pour s'assurer qu'il était bien réveillé. Le bruit s'estompa pour disparaître complètement et, simultanément, dans le coin de la chambre, à côté du long miroir, un homme lui apparut, souriant. Joshua plissa les yeux pour mieux le distinguer, le questionnant du regard sur son identité.

> *« Vous ne me connaissez pas, jeune homme. Je m'excuse de m'introduire comme ça dans votre sommeil, mais j'aurais un message à livrer à la terre. J'ai su que vous pouvez nous capter, alors je me demandais tout simplement si vous accepteriez de noter ce que j'ai à vous transmettre. »*

Troublé par l'apparition soudaine de ce personnage, Joshua ne savait trop quoi répondre. Il se gratta la tête, essayant d'extraire quelque explication. Relevant les yeux, il fut surpris de constater que le fantôme était reparti. *J'ai sûrement rêvé*, se convainquit-il.

S'apprêtant à regagner son sommeil, il entendit rouler, sous son lit, sa plume qui pourtant reposait paisiblement sur le petit livre, l'instant d'avant. Il la ramassa, ouvrit son recueil, et prêta attention à l'esprit de l'homme qui lui était apparu. Il écrivit :

– Il est effectivement un peu tard, cher ami ; serait-ce que vous n'avez pas la notion du temps dans le monde des esprits ?

– Merci, jeune messager, merci beaucoup de me porter attention. Effectivement nous n'avons pas la notion du temps, ni de l'espace, une fois que notre esprit n'habite plus dans un corps. Mais nous nous souvenons du « temps » où nous en avions un, et nous savons que la nuit est faite pour récupérer et dormir. C'est pour ça que je vous prie d'accepter mes excuses. Par contre, c'est lorsque vous dormez que vous êtes le plus disponible et réceptif à notre présence. Nous essayons, la plupart du temps en vain, de venir donner signe de vie à nos proches, et surtout leur dire de ne pas s'en faire pour nous, que nous sommes en paix dans la lumière, mais Dieu que ce n'est pas évident ! Rares sont ceux qui captent notre présence et, s'ils le font, ils en doutent ou ils ne peuvent interpréter nos messages. Vous êtes doué, mon ami, vous avez un don sacré. Je veux vous remercier au nom de tous ceux qui, avec moi, tentent d'établir un contact avec la terre et n'y arrivent pas.

Je me présente, je m'appelais Henri dans ma dernière incarnation, et je suis décédé il y a environ trois ans, de votre temps terrestre. Acceptez-vous de recevoir ces informations que je souhaite d'abord transmettre à ma famille, surtout à ma pauvre femme qui a tant pris soin de moi, et à tous ceux qui pourront trouver un apaisement à travers mon témoignage.

— Allez-y, cher Monsieur, je suis fort curieux, également, de vous entendre!

— C'est d'abord votre voix qui m'a attiré. J'ai toujours adoré les voix de ténor, et j'assiste à tous les concerts célestes sur la terre, comme au ciel. Vous ne vous en doutez peut-être pas, mais nous sommes nombreux dans le monde des esprits à venir vous entendre gratuitement, lors de vos spectacles. C'est l'avantage de vivre dans l'invisible. Tout est gratuit, rien ne presse ; l'infini est devant nous.

Alors, voilà, j'en viens au but ! J'ai souffert pendant huit ans de la maladie d'Alzheimer. Le chemin est long pour rentrer « chez soi », lorsqu'on a « perdu la carte », vous savez ! Tout le processus de démembrement des cellules du cerveau se fait très lentement, comme une chandelle qui s'éteint à petit feu. On se voit perdre ses facultés, on se sent humilié et devenir un lourd fardeau pour les proches et pour la société. J'étais fermier. Ma femme et moi, nous avons élevé douze enfants merveilleux, sept garçons et cinq filles. Je les appelle « les fleurs de mon jardin terrestre ». Vers l'âge de soixante-deux ans, j'ai commencé à oublier où j'avais laissé mes lunettes, la route que j'avais parcourue depuis quarante ans pour revenir de la banque, et je lisais parfois le même journal deux fois, dans la même journée. Soudainement, je me rendais compte de ce qui se passait. Ça me donnait la chair de poule, des sueurs froides et des nausées. J'essayais de cacher à mes proches la maladie qui me hantait, jour après jour. Je tournais à la blague mes oublis, et je mettais sur le compte du stress et de la fatigue mon manque de concentration. Mais, un jour, il a fallu me rendre à l'évidence, et *aller en consultation. Le diagnostic était très clair. Pendant huit ans, je me suis séparé jour après jour de mon corps, de mes bien-aimés, de la vie humaine. Comme un vieux câble fatigué, usé, je m'effilochais. Ma femme et mes enfants m'ont entouré de tout leur amour. J'ai reçu des soins de longue durée, prodigués par des gens merveilleux. Malgré mes absences d'esprit, au plus profond de mon être, je recevais toute cette lumière qui me venait droit du cœur. Mon message s'adresse à toutes les familles qui vivent en présence d'un proche, à moitié mort. Je veux que vous sachiez que nous ne sommes plus dans le corps, mais bien vivants dans le cœur. Je pourrais comparer notre état d'âme, cette attente entre deux vies, à celle d'un homme qui s'en va prendre un avion, mais ne voit pas quand arrivera l'heure de décoller. Soit il fait mauvais, soit l'appareil est défectueux, soit le pilote tombe malade ; son vol est continuellement reporté à plus tard. Au début, on accepte le retard, ensuite on s'impatiente, on est en colère, fatigué et déprimé. Et, à un moment donné, on entre dans la phase du lâcher-prise. On ne se bat plus, on laisse aller. On reste assis là, sur le banc de l'aérogare, et on voit des avions qui décollent, d'autres qui atterrissent, mais le nôtre est cloué au sol, il n'est pas prêt à partir. Nos proches viennent nous voir et voudraient bien nous ramener à la maison, mais on ne peut pas retourner en arrière. On tient fermement entre nos doigts notre billet « aller » seulement… Ils s'en font beaucoup pour nous, nos bien-aimés. Ils n'osent plus s'amuser, ni être heureux et profiter de la vie. Ils se sentent coupables. Ils ne nous reconnaissent plus, ils aimeraient nous entendre leur dire : « Je vous aime, et je ne souffre pas ». Au lieu de ça, ils nous entendent prononcer des mots d'enfants, des sottises, des choses incohérentes.*

Eh bien, l'essentiel de mon message, mes très chers, est fort simple : « Je vous aime et je ne souffre pas. Je suis délivré de ma prison. Je suis libre. » Je rends grâce pour votre amour, votre abnégation et votre courage. Et si, en cours de route, vous avez quelquefois perdu patience avec moi, sachez que je vous comprends parfaitement, et que je ne vous tiens aucunement rancune, bien au contraire. Votre sainte colère avait sa place, croyez-moi. J'aurais aimé pouvoir décoller plus tôt, pour moins vous accabler. Mais notre chemin de vie devait se terminer par cette aventure d'amour inconditionnel, pour nous faire tous grandir, et nous aider à retrouver notre carte routière. Pendant ces huit années à végéter, au niveau physique et mental, j'ai parcouru des mondes que vous ne soupçonnez pas, à travers lesquels j'ai défriché les plus belles terres, j'ai planté les plus beaux arbres et j'ai semé le plus grand jardin – le jardin de mon cœur.

Je vous assure que, lorsque nous quittons définitivement notre vieille redingote usée, la lumière nous attend et nous retrouvons tous nos esprits. Lucides et intelligents, nous rentrons dignement dans la Maison du Père.

Je vous bénis tous ! Courage, mes braves ; la vie humaine est un grand défi pour l'âme en évolution. Entretenez vos jardins avec amour; c'est le secret d'une terre de paix, irisée de mille couleurs.

Je vous aime

Henri xxxxx

Le scribe déposa alors sa plume, et caressa la lettre d'Henri, sachant qu'un jour elle servirait à quelqu'un, quelque part. Il le salua et lui demanda poliment de repartir dans son monde, pour le laisser dormir. Après une telle « canalisation », Joshua sentait souvent le sommeil s'emparer de lui. Il déposa le petit livre sur sa table de chevet et retourna dans les bras de Morphée.

Le lendemain, à son réveil, Joshua se demanda s'il avait rêvé. Il ouvrit son petit livre pour constater qu'il avait bel et bien reçu Henri et son réconfortant message de l'au-delà.

Comme il s'apprêtait à refermer le petit livre, il sentit les picotements habituels dans la main droite, l'avertissant d'une présence voulant se manifester. Il plaça le bout de sa plume sur le papier et laissa l'énergie couler. Plutôt que des lettres, c'est un papillon qui se dessina d'abord sur la page blanche, suivi de ces lignes :

Ne regardez plus le cocon, ni la chenille morte !
Levez les yeux vers le ciel et voyez « le Papillon » merveilleux que je suis.

Ma petite maman d'amour,
Je t'aime sans attaches, je t'aime sans condition, et pour l'éternité ! Je ne suis plus handicapée d'aucune façon. Je m'étais incarnée consciemment avec cet handicap, pour un plan de vie de dix-huit années.
Je suis dans la Lumière. Je guide les enfants qui passent d'un plan à l'autre. Je les accueille et les aide à couper le cordon les rattachant à leur mère. C'est pour cela que je viens aujourd'hui aider la « petite Sylvie » en toi à couper le cordon, très court et très serré, la reliant à sa mère. En même temps, je soustrais ma maman de la culpabilité qui la

rongeait, depuis qu'elle s'était sentie libérée par mon départ physique.

Maman chérie, tu n'as pas à t'épuiser pour les autres, au détriment de toi-même. Mère Teresa a donné sa vie au service des enfants, mais elle ne s'est jamais oubliée, ni négligée. Le plus beau cadeau que tu puisses me faire, et faire aux trois autres enfants que Dieu t'a confiés, c'est de prendre soin de toi et d'être heureuse.

Ne répète pas ce que ta mère a toujours fait avec toi…, se rendre malade pour ensuite te demander de prendre soin d'elle. Tu es la seule à pouvoir répondre à tes besoins ! Je t'aime tant ! Je me rends compte pourtant que, même moi, de l'au-delà, qui te veux heureuse, en santé, reposée, légère et joyeuse, même Dieu, dans sa volonté de te vouloir en paix et radieuse, nous sommes impuissants…, car tu es la seule qui puisses te donner, t'offrir tout cet amour !

On va se revoir, maman ! Bientôt, tu revivras ma naissance. Tu verras naître une belle petite fille en santé, dans la lumière et la joie…, car c'est là que « je suis », que « je vis ».

Grand-papa te bénit. Il m'a accueillie au Paradis dans ses bras si doux et si chauds. Je veux donner de gros bisous à mes frères et à ma sœur. À ton conjoint Louis, je veux dire merci pour tout, surtout d'être là pour toi et de te rendre multiplié tout l'amour que tu donnes. Je vous aime, et je veillerai sur chacun de vous jusqu'à votre retour à la Source.

La Lumière de Dieu vous enveloppe de mon amour !

Marie-Ève xxxxx

Aussitôt le message terminé, la présence se dissipa. Joshua ne questionna point ce message. Il comprit qu'il s'adressait à Sylvie, la maman de Marie-Ève, et qu'un jour, ses pas la conduiraient jusqu'à elle...

L'esprit du « Papillon » avait quitté le corps de Joshua, mais une autre présence avait pris le relais. Les messages déferlaient à un rythme incroyable et dans une fluidité presque magique. Joshua les accueillait sans entraves. Il n'avait qu'à tenir le crayon et laisser couler le flot d'inspiration qui montait en lui.

Salut, Joshua,

Je m'appelle Ian ! Je suis décédé à vingt-huit ans d'un cancer à l'estomac. De l'autre côté de la vie, je travaille à la guérison des âmes et à la conscience collective. J'apporte, comme je peux, ma lumière à ceux qui veulent bien l'accueillir. Puisque ton petit livre sera un jour publié, je m'y glisse pour vous parler du merveilleux phénomène de la réincarnation.

Joshua se retrouva soudainement fort intéressé par le sujet. Il décida d'ouvrir la conversation avec Ian, qui lui semblait très sympathique et près de lui.

– Salut, Ian. Bienvenue, cher ami, je suis heureux de pouvoir échanger, avec un gars de mon âge, de ces propos qui me tiennent tant à cœur. Le sujet de la réincarnation commence à se poser dans bien des esprits, ici sur la terre; je ne sais pas si vous en êtes conscients, de votre dimension ?

– *Oui, Joshua, nous en sommes conscients, mais ça ne va pas encore assez vite à notre goût ! Sous ma nature humaine, j'étais aussi un gars très expéditif, il fallait que ça roule ! Les projets, la performance, les découvertes…, il fallait que tout aille à un rythme infernal. Et le mot n'est pas exagéré. Car j'ai vécu l'enfer, à vouloir forcer les choses, être le meilleur, donner tout ce que je pouvais pour que les autres soient heureux autour de moi. Je me suis rendu malade ! À vouloir gagner ma vie, je l'ai perdue. Mais vois-tu mon ami, je ne regrette rien. C'était mon chemin de vie, celui qui pouvait le mieux servir mon évolution.*

Ma lutte contre le cancer a été dure ; le détachement de mes bien-aimés, terriblement difficile. Mais, à travers les ténèbres, j'ai vu la lumière. J'ai vu mes proches faire des pas de géants après mon départ. Je suis si fier de ma mère et de mon père. L'ouverture qu'ils ont accomplie est incroyable. Mon frère a eu le courage de se prendre en mains et de ne pas répéter mon scénario. Bravo, Bruno ! Ma femme fait une prise de conscience, et se responsabilise de plus en plus, en vue de son bien-être. Mon amour les accompagne tous. Et je vis avec mes petits anges, je veille sur eux, je fais « un » avec eux. J'ai rencontré l'Ange qui m'a montré la voie vers une nouvelle vie ainsi que l'infinie grandeur des plans parallèles. Est-ce que tu me suis ?

– *Ouf ! je t'avoue qu'au sujet des plans parallèles, je suis un peu perdu.*

– *Je t'explique. Sur la terre, dans le plan de la matière, nous ne percevons qu'une énergie, celle du temps linéaire et des espaces divisés. Alors, nous croyons que notre petit moi, notre personnalité et notre corps physique constituent le seul véhicule de notre être. Nous ignorons, la plupart du temps, la présence de l'Esprit en nous. Nous séparons tout, nous divisons, nous analysons. Nous jugeons le bien et le mal, le positif et le négatif, l'ombre et la lumière. Pourtant, tous ces pôles sont nécessaires à notre avancement et à la rencontre ultime avec la splendeur en chacun de nous.*

Quelques semaines avant mon décès, j'ai reçu, par le biais d'une médium, comme toi, une information assez surprenante qui devait changer le cours de ma trajectoire. Le plus grand déchirement que je vivais, en quittant le sol terrestre, était la séparation de ma petite fille adorée de quatre ans et de mon fils de six mois, que je venais à peine de connaître. Cette messagère me dit, en me laissant totalement libre de croire à cette information, que mon âme habitait simultanément deux corps pour l'instant. Mon âme était en transition entre deux vies, et ces deux entités physiques vivaient en parallèle sur le même plan. Nous étions, elle et moi, un peu sceptiques ou plutôt désorientés au sujet de cette révélation. Cependant, au seuil de la porte de la mort, tu sais, Joshua, l'esprit est beaucoup plus ouvert. Alors, je ne résistai pas à cette possibilité. D'ailleurs, depuis la naissance de Julian, chaque fois que je le tenais dans mes bras, j'avais l'impression d'être devant un miroir, de faire « un » avec lui.

Le pacte que j'avais fait ce jour-là avec cette femme, devenue une amie pour moi, était que, si tel était le cas, après la mort de ce corps malade, je viendrais lui faire signe. Je suis heureux d'avoir réussi, à travers ma nouvelle vie, à lui donner ce signe de vie. Deux ans après mon départ, elle apparaissait sur les ondes de la télé. Ma mère, qui est maintenant ma grand-mère dans ma vie de Julian, me gardait ce jour-là. Lorsque j'ai entendu la voix de la dame, j'ai bondi, j'ai sauté de joie, je l'ai reconnue. Le message lui est parvenu par ma « grand-maman » adorée, et j'en suis très heureux.

C'est la meilleure preuve que j'aie pu laisser à la terre, pour vous parler de réincarnation. De l'au-delà, je vis aussi en toute conscience. Les diverses personnes en lesquelles je me suis incarné sur la terre m'ont amené jusqu'ici, me permettant de briser les « murs qui nous séparent », puisqu'ils ne sont qu'illusoires. Je suis l'Ange Gardien de Julian, Je suis Julian, Je suis Ian. Ce qui devrait aussi répondre à la question que tant de gens se posent : « pouvons-nous entrer en communication avec l'âme d'une personne décédée, qui s'est réincarnée ? » Oui, puisque l'âme est multi-dimentionnelle.

Notre route se poursuit et nous la poursuivons ensemble, par l'infinie sagesse de l'esprit en chacun de nous. Ne cherchez pas à l'extérieur ce qui est en vous. Soignez-vous…, corps, âme, esprit.

Je me retire maintenant. Je sais que ce message te demande beaucoup d'ouverture et d'énergie. La partie humaine de toi reçoit une augmentation de fréquence vibratoire, et le niveau de conscience fait un bond en ce moment.

Merci, Joshua…, poursuis ta quête d'amour et continue de répandre ta lumière à travers tes chansons et ta présence.

Salut, mon frère !

Le petit roi était subjugué, et à la fois soulevé, par l'énergie du grand personnage, aux cheveux couleur de blé et aux yeux bleus comme le ciel. Il referma doucement le petit livre, laissant s'imprégner en lui ces enseignements de lumière.

❖ ❖ ❖

Une heure plus tard, avec l'ardeur de l'enfant qui se prépare pour son camp de vacances, Joshua remplissait son sac à dos de victuailles et de tout ce dont il aurait besoin pour son escalade et les trois jours qu'il passerait au sommet du mont

Lafayette, dans l'État du New Hampshire, près des frontières estriennes. Son besoin, sans cesse grandissant, de se retrouver avec lui-même le propulsait vers cette montagne magnifique, où il irait puiser, dans les forces de la nature, la lumière pour prendre un nouvel envol. La vie de Joshua n'était pas celle que connaissaient la plupart des jeunes gens de son âge. Certes, la vie palpitante de « star », tant convoitée par ses amis, était pour lui source de bonheur. Mais ce n'était pas là l'essentiel pour le jeune prodige. Joshua était un homme de coeur et de foi. Il portait, dans son âme, un bagage de vies antérieures, que sa conscience avait gardé en veilleuse, même à travers la transformation de l'enfance à l'âge adulte au cours de sa vie actuelle. Ses contacts avec l'autre monde le gardaient en constante évolution. Il ne pouvait ni fermer les yeux sur la condition humaine, ni sur celle de la terre. Il demeurait, cependant, un être marginal. Ceux qui jalousaient son talent et son succès le surnommaient « le petit parfait »… Un jour, il se demanda si le fait d'être surdoué n'était pas un handicap aussi grand que celui d'avoir une réelle infirmité.

Le domaine des relations amoureuses restait, pour lui, le plus difficile à harmoniser dans sa vie de jeune adulte. Un jour, il comprit qu'il devait se faire aider, qu'un blocage l'empêchait d'avancer. Joshua était incapable de s'engager, et éprouvait même une résistance à se laisser aimer ou à tomber amoureux. Mais était-ce nécessairement un « problème », ou n'était-ce pas simplement son chemin de vie ?

Un peu comme Jésus, se dit-il, un jour où il était fatigué de se sentir différent.

Mathilde voyait et comprenait les mécanismes de défense de Joshua même si, parfois, elle se sentait biaisée par ses propres sentiments envers lui. En fait, elle faisait partie intégrante des scénarios qui avaient forgé jusque-là sa personnalité et ses comportements. C'est pourquoi elle se sentait souvent inapte à l'accompagner, malgré sa formation et ses connaissances. Lorsque le jeune homme lui avait fait part de son désir de consulter, Mathilde l'encouragea et lui proposa une référence. À son retour du mont Lafayette, Joshua se promit de prendre rendez-vous avec Sylvia, une thérapeute unique en son genre qui, selon Mathilde, était la personne toute désignée pour l'accompagner dans ce passage de sa vie. La mère dans l'âme anticipait, depuis le premier jour, ce moment où Joshua, l'adulte, aurait à rencontrer le petit garçon de huit ans, les mains baignant dans le sang de sa mère, et le coeur déchiré par ce drame infernal. Du même coup, sa confiance sans borne en la capacité de Joshua à *se* conscientiser et *se* guérir ne faisait aucun doute. Elle se souvenait des mots du petit roi, devant le feu, le veille au soir : *Laisse l'oiseau s'envoler, Mathilde…*

Après avoir goulûment avalé le copieux petit-déjeuner que Mathilde lui avait préparé, Joshua l'embrassa tendrement sur le front et lui dit :

« Merci, maman ! Merci pour tout…, tu es un ange ! Je me sauve maintenant, ce week-end représente pour moi un rendez- vous avec…, je ne sais pas, Mathilde, un rendez-vous avec *moi*, je crois ! »

Sur les lèvres de Mathilde se dessinait la moitié d'un sourire. Ses yeux brillaient de reconnaissance à l'égard de la vie elle-même. Son peignoir familier, bien enroulé autour de sa fine taille, ses cheveux en chignons retombant d'un peu partout…, Joshua la trouva plus belle que jamais. Belle dans sa mission, belle dans son rôle de mère et dans cette maturité qu'elle venait d'acquérir depuis à peine vingt-quatre heures.

Le petit Roi va grimper sur son trône, se dit-elle, en le regardant monter les marches trois par trois, pour aller chercher le reste de ses affaires. La tentation de s'inviter à passer ce week-end avec lui avait été forte. *Non, s'était-elle dit, j'ai moi aussi une montagne à escalader, un rendez-vous.*

« Tu es certaine que tu ne seras pas dans l'embarras sans ta voiture, maman ? Tu sais, j'aurais pu faire de l'auto-stop…

– Hé !…, je te l'ai offert, pour mon plus grand bien. J'ai besoin de marcher, et de "m'ancrer". Alors on n'en parle plus, veux-tu ? Tu pars tranquille, et on se revoit mardi, d'accord ? Embrasse-moi et déguerpis maintenant… », lui dit elle, en le serrant dans ses bras.

Au contact de sa poitrine, de ses épaules et de ses grands bras virils, Mathilde réalisa à quel point l'affection et la tendresse d'un homme lui avaient manqué depuis le départ de Louis. Aussi, ce matin-là, elle avait fait le bilan des relations qu'elle avait vécues depuis son divorce avec Jacques, et se rendit compte que le résultat était plutôt pitoyable. À part les quelques *blind date* dans lesquelles ses amies, Josée et Manon, l'avaient littéralement plongée, rien de satisfaisant n'apparaissait au bas de la colonne « plaisir et amour ».

Lorsque la voiture disparut de sa vue, au bout de l'avenue, Mathilde retourna, sereine, à son café tiède. Elle avait balayé le ciel de sa main, jusqu'à ce que Joshua ne puisse plus l'apercevoir dans le rétroviseur…, et lui comme elle savaient que tout était parfait, qu'une nouvelle vie commençait. Une étape venait de se franchir sur le seuil de cette porte.

Ce soir-là, avant d'aller se coucher, Mathilde avait ressorti la lettre de Louis. Les rainures du pliage commençaient à percer des trous dans le papier, et les petits nuages bleus de larmes lui donnaient un cachet vieillot.

Louis n'était pas revenu par l'entremise du canal de Joshua, ni à travers les rêves de Mathilde. *Il avait tout fait, tout dit, avant de partir,* se disait-elle pour se consoler. Maintenant, la nouvelle femme en elle avait besoin de répondre à ce message d'adieu. Posant la lettre sur son coeur, elle s'allongea et lui dit le plus sincèrement du monde :

« Adieu, Louis !…, je te laisse partir maintenant…, Je me laisse aller à ma vie ! Merci pour tout, cher ami, cher amour ! Je sais aujourd'hui que tu m'as fait grandir et que je t'ai fait grandir aussi. Je t'avais mis si haut sur un piédestal, cher Louis, même avant ta mort. Imagine, après… Aujourd'hui, je suis avec moi, j'ai rapatrié mes pouvoirs et la reconnaissance de ma valeur personnelle. Je me sens, comme toi, à l'apogée ! On va se revoir, je le sais, et tu me feras valser dans la Lumière ! *À Dieu et sois heureux !* »

Le sourire aux lèvres, une guérison de plus scellée dans le coeur, Mathilde s'endormit paisiblement.

11

L'initiation

La nature enveloppait Joshua de son abondance et de sa générosité. À chaque pas, le petit roi sentait qu'il se rapprochait du ciel. Le silence valsait à travers le vent dans les feuilles, et le concert des oiseaux accompagnait l'ascension du jeune homme, vers le sommet de cette majestueuse montagne.

Bien qu'heureux de ce temps d'arrêt, de cette retraite qu'il s'offrait, Joshua se sentait terriblement nostalgique. Il s'était arrêté pour calmer son appétit. Assis sur une grande roche, au milieu de la montagne, il réfléchissait à ce qui pouvait bien le plonger dans cette dépression passagère.

J'ai tout ce qu'il faut pour être heureux, se dit-il. J'ai du succès, j'ai de l'argent, des amis, une mère formidable. Mais j'ai aussi un trou à l'intérieur de moi, un vide…

Il se mit à pleurer comme un enfant. Il contactait enfin la partie de lui, gravement blessée. Il avait peur de cette rencontre, de ce voyage intérieur. Joshua sortit le petit livre et relut les lettres de Laurie et des défunts inconnus qu'il avait contactés depuis plus de dix ans maintenant. Jamais, auparavant, il n'avait douté de l'authenticité de ces messages mais, ce jour-là, perdu dans l'intense sentiment d'être « seul au monde », Joshua se demanda :

Et si tout ça n'était que le fruit de mon imagination. Si je m'étais inventé ces messages afin de survivre à la mort de maman. Et si ce n'était pas vrai ?

Un courant glacial le paralysa. Il ne pouvait se permettre de telles pensées. Tout ça ne faisait qu'agrandir le trou ressenti à l'intérieur. Les yeux emplis de larmes, il relisait le tout premier message du petit livre – celui que Laurie lui avait écrit de son vivant. Celui-là pouvait le consoler, car il était réel. Il avait bel et bien été écrit par sa mère. Il lisait à voix haute :

Tout ce que je connais, je te le donne

Ma voix, mes mots, mes bras qui te bercent

Mes blessures du passé, je t'en épargne

Puisses-tu grandir sans l'héritage de mes manques

Et de mes souffrances…

Un cri ventral s'échappa de sa bouche grande ouverte :

« Nooooooon!… » La tête entre les mains, à travers ses sanglots, il poursuivit…

« Non, maman, je ne peux pas grandir sans l'héritage de tes souffrances. Je te porte en moi, je marche dans ton sillon, je suis fusionné à toi ! Comment puis-je être libre et heureux. Génétiquement…, tu vois, je suis une partie de toi. »

Pour la première fois, le petit roi sentit monter une colère en lui. Il n'avait jamais osé ressentir cette colère envers Laurie. Elle était son Dieu, son créateur, comment pouvait-il se permettre d'avoir quelque pensée négative que ce soit à l'égard de sa mère. Mais ce jour-là, son âme basculait. Il n'y avait plus de place pour le petit Joshua, parfait et gentil. L'enfant raisonnable, responsable, intelligent et talentueux n'en pouvait plus. L'ombre et la lumière se confrontaient, et Joshua était terrorisé à l'idée de rencontrer ce côté sombre de lui. Il se dit que le démon s'élevait en lui. Même se sentait-il attiré par cette énergie ténébreuse. Il avait besoin d'entrer dans ce tunnel noir où les forces du *mal* en lui l'attendaient.

Il posa à nouveau son regard sur la lettre de Laurie et lut, les yeux pleins de larmes et de rage :

Je voudrais tant que ta vie soit une douce mélodie
Une rivière qui coule dans les rayons du soleil
Autant qu'à travers les tempêtes…, je souhaite
Qu'elle coule et coule…

« Bien sûr, Laurie, s'écria-t-il, tu souhaitais que ma vie soit une douce mélodie…, c'est pour ça que tu te droguais et que tu n'as jamais eu le courage de retrouver mon père pour moi. C'est pour ça que tu t'es enlisée jusqu'à te faire assassiner devant moi. C'est pour ça que tu te saoulais et que

tu t'endormais sur le plancher de la cuisine. Bien sûr, tu pouvais t'attendre à ce que ma vie soit douce et simple, lorsqu'à
sept ans déjà, je te traînais dans ton lit et que je ramassais
les bouteilles, les cendriers, les seringues partout dans la
maison, à travers les corps de tes "amis", aussi *"fuckés"* que
toi ! Merci, maman, de m'avoir tracé une route si douce…,
tu es géniale ! »

Maintenant, Joshua hurlait, se tenant le ventre de peur
que sa douleur éclate. Il avait perdu tout point de repère,
enfoncé dans ce trou béant. Joshua nommait enfin son mal. Il
cria du fond de son âme :

« *Je te hais ! Je te déteste ! Tu m'entends ?* Non, tu ne m'entends pas, parce que tu ne veux pas entendre ce que j'ai à
te dire. Non, tu ne viendras pas aujourd'hui m'écrire des
messages célestes d'amour et de lumière. Tu n'auras pas le
courage de te pointer, de te montrer…, *Tu es une lâche, Laurie
Brown…, tu n'es pas ma mère !* »

Ses épaules secouaient tout son corps. Il était cramponné
à un arbre, lorsqu'il se mit à vomir tout ce qu'il avait dans le
ventre. La peur et la fatigue se relayaient dans son corps. Il
se coucha par terre dans les feuilles mortes, en se recroque-
villant dans la position du fœtus. Il se berçait.

« Je veux mourir, Seigneur…, si tu existes, si tu es si
bon qu'on le dit, si tu m'aimes vraiment, viens me chercher.
Je ne veux plus de cette existence. Je suis fatigué. Toujours
la performance, l'excellence, cela me rend fou ; la peur d'être
abandonné, la peur d'aimer, la peur, la peur… Je suis au
bout de mon rouleau, mon Dieu, je t'en prie, prends-moi
avec toi. »

Haut dans le ciel, il poussa un autre cri. Cette fois-là, il
appelait :

« Papaaaaaaaa…, où es-tu ? Pourquoi m'as-tu abandonné toi aussi ? Pourquoi ? Au moment où j'avais le plus grand besoin de toi, tu es parti rejoindre Laurie et vous m'avez laissé ici, seul ! Pourquoi m'avez-vous conçu au départ, si vous n'aviez rien à me donner ?

« Père, pourquoi m'as-tu abandonné ? » hurla-t-il en s'adressant à Dieu.

Épuisé, le petit roi était vaincu. Aucune réponse, ni du ciel, ni de la terre, ne parvenait jusqu'à lui. Son oreille collée au sol, il entendait le cœur de la terre battre. La cime des arbres pointait vers le ciel, comme des antennes transmettant au Créateur le cri de détresse de son fils. Le soleil transperçait les branches et réchauffait le corps inerte de Joshua qui s'était endormi en espérant ne plus se réveiller.

Il n'avait pas mangé la collation que Mathilde lui avait préparée avec tant d'amour. Son sac à dos était resté ouvert, au grand contentement des oiseaux venus picorer, à travers l'emballage, le sandwich au thon.

Lorsqu'il se réveilla, le soleil s'était glissé derrière la montagne et le vent l'avait suivi. La pénombre ne l'effrayait pas. À travers les ténèbres qu'il venait de traverser, Joshua avait transcendé la peur même de mourir. Il constata, en souriant, que les oiseaux avaient fait honneur à sa collation. Il ramassa ses affaires, las ; il prit son courage à deux mains et continua de gravir la montagne. Il n'avait même plus la force de penser. Il ne regrettait pas d'avoir osé exprimer au ciel tout ce qu'il avait sur le cœur et dans l'âme.

Au premier abri qu'il découvrit, le petit roi s'arrêta et s'installa pour la nuit. La faim le tenaillait. Il alluma le poêle à bois et se fit réchauffer une soupe. La solitude commençait à se faufiler comme une grande amie à ses côtés. Même s'il était revenu de ce sommeil, Joshua était mort à une partie de lui. Ce qu'il avait vécu, cet après-midi-là, il allait l'apprendre plus tard par Sylvia, c'était une renaissance. « Rares sont les gens qui peuvent vivre une régression et traverser une telle crise de guérison, seul. » lui dirait-elle plus tard. La force intérieure qui avait accompagné Joshua était du ressort de l'âme, de l'intelligence innée.

Tout en remuant la soupe qui chauffait sur le feu, Joshua réalisait qu'aucune présence ne s'était fait sentir autour de lui pendant cette crise. Et que, là encore, dans ce refuge, il ne sentait personne. Il avait pourtant crié à Dieu…, rien ! Il remettait tout en question. La foi, l'au-delà, la vie avant et après la mort, les belles théories des grands Maîtres, tout ce qui appartenait au monde de l'invisible et du paranormal. « Et si c'était juste ça…, la vie ici, et c'est fini après. On naît, on meurt, puis…, plus rien. » Même cette pensée ne l'effrayait plus. Comme s'il avait complètement lâché prise, abdiqué, s'était déconnecté.

Avalant, à même la louche, sa soupe bouillante, il guettait du coin de l'œil le petit livre déposé là sur le banc, près de la porte. Il le regardait, méfiant, comme s'il contenait des promesses non tenues, des mensonges et des fabulations. Il se sentait trahi et dupé par ces messages qui le confrontaient tellement aujourd'hui à son état d'âme. Il avait eu envie de tout jeter au feu.

Une fois sa faim assouvie, il s'étendit sur le lit de camp et déposa le petit livre de cuir sur son ventre, croisa les mains derrière la tête et, fixant le plafond du gîte, il prononça ces mots :

« Qui suis-je ? Quelle est ma mission ? »

Un long silence le disposa à fermer les yeux et il laissa monter en lui les images qui venaient à son esprit. Il vit une petite flamme vacillante dans le noir. Tranquillement, elle s'approchait de lui, grandissante et de plus en plus lumineuse. Il sentit alors qu'il entrait dans cette flamme, qu'il était cette flamme.

« Je suis la Lumière, la vérité, la vie ! » entendit-il.

Il n'osait pas bouger, ni ouvrir les yeux. Il demeurait là, vacillant comme cette flamme, sans rien attendre. Joshua expérimentait le moment présent, l'unification avec son Moi. La voix qui se faisait entendre était la sienne. Sa petite voix. Il se sentait en parfaite confiance avec cette partie de lui. Il pensa : *Je ne serai jamais abandonné, tant que je serai près de moi, tant que j'écouterai cette petite voix.*

Cette reconnection éleva son esprit au-dessus de son corps. Il se vit, allongé sur le lit de camp, le petit livre sur son ventre. Il vit qu'il était beau et grand, et que la lumière l'entourait d'une protection divine. Il monta un peu plus haut pour avoir une perspective encore plus large des choses de la terre. Il sortit du refuge et s'éleva au-dessus de la forêt, au-dessus de la montagne, au-dessus de la terre entière. Il volait, et survolait tout ce qui n'était dorénavant pour lui qu'une planète parmi tant d'autres. La beauté et la grandeur de l'univers le portaient de plus en plus haut.

« Où suis-je ? Où vais-je ? pensa-t-il.

– Là où tu veux être…, *tu es* ! Là où tu veux aller, tu y es déjà ! lui murmura la petite voix.

– C'est aussi simple que ça ? demanda-t-il, perplexe.

– Ce que tu crois est ce qui est vrai pour toi. Ce que tu expérimentes, ce que tu connais, prend forme à partir d'un rêve, d'une croyance, d'un désir. Si tu mets ta foi en la maladie, la maladie sévit. Si tu mets ta foi en la guérison, la guérison est déjà à l'œuvre. Si tu donnes à tes peurs le pouvoir de se manifester, elles se réaliseront. Si tu donnes à tes rêves l'élan de prendre forme, tu verras des miracles s'accomplir. La science fait des prodiges, l'amour fait les miracles. Tu peux choisir de vivre ou de mourir, d'être en santé ou malade, riche ou pauvre, heureux ou malheureux. Ne blâme personne pour tes malheurs…, tu es le seul artisan de ta vie.

— C'est quand même pas moi qui ai décidé que ma mère irait se faire assassiner sous mes yeux de petit garçon de huit ans, dit-il, croyant piéger la petite voix.

— C'est toi qui as choisi de t'incarner dans ce scénario, Joshua…, rappelle-toi le contrat !

— Quel contrat ? Quel scénario ?

— Veux-tu recontacter cette mémoire ? »

Sans même qu'il ait eu le temps de répondre par l'affirmative, Joshua se retrouva dans un immense palais, une sorte de temple sacré, dans une grande salle de conférences. Autour d'une table, douze êtres réunis l'attendaient. Tous se levèrent et lui firent une profonde révérence. Timide, Joshua s'avança et leur rendit la même courbette. Ils l'invitèrent à s'asseoir et onze d'entre eux l'imitèrent. Un seul demeura debout, un petit livre de cuir brun entre les mains. D'un large sourire, l'homme lui tendit « Le petit livre de Joshua ». Il se leva, fixant cet objet familier, les sourcils froncés; il demanda :

« C'est le petit livre que ma mère m'a offert ? »

Comme s'il ne l'avait pas entendu, le gigantesque personnage continua :

« Lorsque tu auras cinq ans, ta mère t'offrira ce petit livre... »

Tout en écoutant ce qu'il lui prédisait, Joshua feuilleta le petit livre encore presque vierge. Il ne contenait que la lettre de Laurie. Le petit roi réalisa qu'il avait reculé dans le temps. L'homme aux longs cheveux châtains enchaîna :

« Et elle te demandera d'y écrire ton histoire. Tu ne comprendras pas tout le sens de ce présent. Elle y inscrira sa lettre pour toi, une lettre qui t'accompagnera dans chaque initiation de ta vie. C'est ta carte routière. Garde-la précieusement. Chaque fois que tu y retourneras, tu puiseras dans ce message une lumière nouvelle. À vingt-deux ans, tu commenceras ton retour vers la Source. Ce petit livre te sera d'un grand secours. Il est ton phare. Comme tu as manifesté le désir de t'incarner dans un corps et de servir la Lumière, sur la terre, nous te donnons aujourd'hui tous les outils dont tu as besoin pour accomplir ta mission. Chacun de nous t'accompagnera tout au long de ton parcours. Sois sans crainte et garde ta lampe allumée. As-tu des questions ? demanda l'être compatissant.

– Euh..., j'en ai mille, Maître..., je ne sais juste pas par où commencer. »

Tous s'esclaffèrent de rire ! Le plus petit, qui devait mesurer deux mètres, au moins, lui dit :

« Ce sera l'histoire de ta vie, l'Ange... Tu te poseras toujours mille questions, alors aussi bien commencer tout de suite...

– Eh bien, d'abord, qui êtes-vous ? Et comment pourrez-vous m'accompagner dans ma mission terrestre ?

– Nous sommes douze corps de lumière, douze énergies vibratoires qui t'habiteront dès le jour de ta conception,
jusqu'à l'âge de douze ans. Chaque année, de zéro à douze
ans, l'un de nous s'installera en toi. Nous représentons une
énergie qui correspond à une qualité spécifique qui formera
l'être que tu deviendras dans ton individualité. Nous allons
maintenant nous présenter à toi, en nommant notre vibration
et en spécifiant l'âge auquel tu recevras nos énergies respectives. Nous nous installerons autant dans l'épreuve que dans
la réussite, dans la haine que dans l'amour, dans l'ombre que
dans la lumière. Rien ne nous arrête ! »

Puis, l'homme tendit la main vers celui qui lui faisait face
à l'autre bout de l'immense table de marbre, l'invitant à se
présenter. L'être joyeux se leva d'un bond sans hésiter, et
salua Joshua de la tête :

« Je m'installerai en toi au berceau et jusqu'à l'âge d'un
an, j'imprégnerai en toi la candeur et la JOIE ! l'informa-t-il,
souriant.

– Ah bon ! merci…, lui dit Joshua, en se disant qu'il devait se souvenir de cette information. »

Le deuxième se leva et, d'une voix chaude et profonde,
lui dit :

« Je suis le représentant des arts et de la CRÉATIVITÉ. À
DEUX ans, tu commenceras à chanter…, et tu reconnaîtras ma
voix. Je te suivrai pas à pas, tout au long de ton pèlerinage,
car c'est par moi que tu te réaliseras.

– À TROIS ans, on te dira que tu es beau comme un Ange…,
lui dit la déesse de la beauté et de la grâce ! C'est que je serai
passée déposer dans ton champ énergétique la BEAUTÉ et le
charisme. Que ta beauté serve de miroir ! »

Les yeux écarquillés, Joshua était émerveillé par la pureté et l'assurance de ces êtres, qui allaient devenir des parties intégrantes de lui.

Le quatrième se leva et, debout sur sa chaise, lui dit :

« À QUATRE ans, tu recevras un de tes plus beaux talents…, le sens de l'HUMOUR. Essaie de me conserver tout au long de ton voyage terrestre…, c'est un défi, car les hommes t'enseigneront très vite à te prendre au sérieux ! Le rire est contagieux et guérisseur, Joshua…, amène-moi partout où tu iras, même dans les moments les plus difficiles et les plus tristes », finit-il en lui lançant son plus beau clin d'œil !

Au contact de cet être, Joshua pensa spontanément à Louis et à son merveilleux sens de l'humour. Puis, le cinquième personnage s'imposa, dans une tunique ivoire, brodée d'or et de diamants. L'être aux cheveux blancs, mi-longs, aux traits saillants et aux yeux bleus comme la mer, lui dit :

« À CINQ ans, je te couronnerai "Petit Roi". Je suis la DIGNITÉ. Nous ferons longue route ensemble, je le sais. Tu auras besoin de moi tout au long de ta vie, même dans les moments de gloire et de bonheur ; tu sauras que je te serai indispensable. Je suis heureux de t'accompagner dans cette mission. »

Joshua était touché par cette énergie. Il remercia, d'un geste de la main en signe de paix, l'être de noblesse.

« Ta soif d'apprendre et de découvrir te viendra de mon énergie, l'INTELLIGENCE. Nous ferons de grandes choses ensemble. Un jour, même, tu auras accès aux archives et tu pourras enseigner aux humains la reprogrammation de leurs cellules et la guérison par le décodage. Tu auras accès, à travers Moi, ton intelligence innée, à la médecine de l'âme. C'est à tes six ans que nous fusionnerons.

— Merci, répéta Joshua… *Que de cadeaux*, se disait-il.

— Sans moi, les autres énergies infuses ne te seront pas d'un grand apport, cher ami, car c'est à partir de moi, la DÉTERMINATION, que tu arriveras à tes fins. Je t'aiderai à aller jusqu'au bout de tes projets et à prendre la responsabilité de ta vie et de ton bonheur. À SEPT ans, tu reconnaîtras le guerrier en toi ! Tiens-bon ! »

Celui-là lui sembla plus exigeant…, il se dit qu'il aurait peut-être un effort à faire pour l'intégrer. Il le salua d'un hochement de la tête.

Grand et fort, le crâne rasé, portant une tunique rouge, le huitième se présenta. D'une voix ferme et inébranlable, il dit :

«C'est à HUIT ans que je m'installerai chez toi ! Tu auras grand besoin de moi. Je suis la FORCE et le COURAGE. Je serai toujours là pour toi. Ma source est inépuisable. Chaque fois, au cours de ton voyage, que tu sentiras le découragement s'emparer de toi, et que tu auras le sentiment que la tâche est trop ardue, que tu n'as plus de force, fais appel à moi. »

Pendant que le huitième parlait, l'esprit de Joshua faisait enfin le lien entre ces énergies et son chemin de vie. C'est à huit ans qu'il était tombé en survie, et qu'il avait trouvé inconsciemment, en lui, la force et le courage de continuer. C'est à seize ans, huit ans plus tard, qu'il avait connu sa première peine d'amour… Il comprenait donc qu'à chaque cycle de huit ans, le courage et la force se manifesteraient en lui pour lui faire traverser une initiation nouvelle, afin qu'il soit de plus en plus libre.

Tout devenait clair dans son esprit et, dans ses yeux, les guides de lumière pouvaient voir la compréhension soudaine de Joshua. Ils souriaient tous avec un regard de compassion qui fit monter les larmes aux yeux du petit roi. Un long silence permettait l'intégration de toute l'information qui venait de descendre de la lumière.

Doucement, comme pour ne pas briser la magie du moment, le neuvième s'avança et posa sa main sur l'épaule de Joshua :

« Moi, lui dit-il humblement, je serai ta connexion entre ton Créateur et ton aspect humain. Je serai le pont qui te permettra de traverser les plus grands tumultes. Je ne t'abandonnerai pas, mais, toi, tu le feras… Tu m'oublieras et tu tenteras de tout faire, sans moi, par toi-même. Je suis la FOI et je n'ai qu'un adversaire, la peur. J'ai sauvé des milliers d'âmes des ténèbres de leurs peurs. Compte sur moi et sache que, même si tu m'oublies, moi je ne t'oublierai pas. Tu pourras toujours revenir vers moi et, surtout, ne me cherche pas trop loin…, j'habiterai dans ton cœur. Je me manifesterai à toi à NEUF ans… Par le biais de l'écriture tu recevras ton premier test de foi. À dix-huit ans, je reviendrai te visiter… Là, ta foi sera peut-être ébranlée. Chaque fois que tu me perdras, tu me retrouveras encore plus fort, jusqu'à ce que nous fassions un, dans une foi inébranlable. »

Joshua additionnait rapidement, maintenant. À neuf ans, il avait reçu son premier message et, à dix-huit ans, il s'était reconnecté avec l'invisible par l'écriture.

Depuis le début de la réunion, Joshua était attiré par le regard de l'énergie du dixième. Ses joues roses, ses yeux doux et bons calmaient le petit garçon en lui. Il avait des mains réconfortantes, une voix chaude. Joshua se surprit à penser au Père Noël en le regardant se lever. Au contour de ses yeux, se traçaient de belles pattes-d'oie lorsqu'il souriait. En toute simplicité, il se présenta :

« Bienvenue, fils de Dieu. Je suis la COMPASSION. Je te serai indispensable pour accomplir ta mission. À DIX ans, tes amis s'apercevront que tu n'es pas comme les autres, que tu as un don. Le don de capter la lumière et la présence des esprits de l'au-delà. Je te tiendrai par la main, et tu te serviras de mon énergie pour répandre la bonne nouvelle. Avec moi, tu comprendras qu'il n'y a pas de place pour le jugement et que, dans la compassion, les miracles de l'amour se multiplient. Garde en ton cœur le désir sincère d'aider les plus petits que toi, et souviens-toi que chaque être qui croisera ta route est le reflet d'une partie de toi. À vingt ans, tu commenceras à voyager, et à offrir ton message à l'humanité par le plus beau talent que tu portes en toi: la musique ! Sois béni ! »

Joshua avait naturellement porté les mains sur son cœur, pour mieux recevoir l'énergie de cet être, qui le touchait profondément. Il se dit que la compassion pouvait tout guérir et que la terre en avait grandement besoin. Il comprit aussi l'importance d'avoir cette compassion à l'égard de lui-même, pour mieux accueillir les autres.

L'énergie de l'être suivant contrastait en tout point de vue avec les onze autres. Toute menue, la dame au sourire quelque peu édenté mais aux yeux débordant d'amour, ouvrit grand les bras en invitant le petit garçon sur son cœur. Joshua, timide, s'avança lentement. Elle l'enroba de sa lumière et le garda quelques instants dans ses bras aimants. Puis, elle prit son visage entre les mains et lui dit :

« Je suis l'énergie de la Terre-Mère…, celle de la GÉNÉROSITÉ. »

Joshua pensa à Mère Teresa…, d'ailleurs elle lui ressemblait. Elle capta cette pensée et reprit :

« C'est une très belle association que tu fais là, petit Roi ! Mère Teresa est remplie de mon essence, depuis le tout premier jour de sa naissance. Je suis dans le cœur de chaque homme et de chaque femme de la terre. Peu me reconnaissent vraiment. Certains portent le flambeau de la générosité mais, au fond, lorsqu'ils donnent, ce n'est pas gratuit et, souvent, ce n'est pas par choix non plus. Si tu donnes pour te faire aimer, pour être reconnu et glorifié, tu n'es pas dans la vraie générosité. Tu me reconnaîtras chaque fois que tu donneras sans souci de recevoir. Tu sauras aussi que le don de soi n'est pas un acte de renoncement, mais bien un choix. Alors, lorsque tu choisiras ta mission, fais appel à moi. Je suis une grande amie de la foi. Je suis la Mère, le centre de la Terre…, je suis la femme de Dieu, le Père. Lorsque tes ONZE ans sonneront, tu te sentiras appelé au service de la Lumière afin d'éclairer l'humanité, et c'est à ce moment-là que mon énergie s'installera en toi pour ne plus te quitter. »

Puis, celui qui avait parlé en premier, et qui avait remis à Joshua son petit livre, se leva, heureux de rassembler toutes ces énergies en une seule.

Tendrement, il posa sa main sur la tête de Joshua

« Je suis AMOUR…, lui dit-il, les yeux fermés pour le bénir. Tu es Amour ! Tous réunis dans l'Un, nous sommes Amour. »

Tous les êtres se donnèrent la main et raccordèrent Joshua à cette chaîne d'amour…

«Tu es un maillon d'or relié à la chaîne de l'amour qui s'installe sur la terre. Je suis l'énergie qui t'aura conçu, et je tournerai la page de ton enfance lorsque tu atteindras l'âge de DOUZE ans. À partir de ce moment-là, tu seras tout équipé pour relever le défi de ton plan de vie, traversant consciemment chaque cycle de douze ans. Souviens-toi toujours qui *tu es* et sois heureux, c'est ta principale mission. »

Sans rien ajouter, les êtres s'élevèrent un à un, dans un vaisseau de lumière, et disparurent doucement de la vue de Joshua. Il restait là, autour de la grande table, habité par chacune de ces présences énergétiques, dans une paix absolue.

Sur le chemin du retour vers son corps, Joshua croisa des centaines de défunts, d'âmes désincarnées, qui lui tendaient une enveloppe en lui demandant de bien vouloir apporter ces messages à leurs proches. Ils affichaient, pour la plupart, une mine paisible et heureuse, et leurs yeux brillaient d'espoir, à la pensée que leurs bien-aimés de la terre recevraient, par ces billets, un baume sur leur cœur brisé par leur départ.

Lorsqu'il pénétra dans le refuge, le petit roi aperçut son corps qui sommeillait. Il remarqua que « Le petit livre de Joshua » gisait toujours sur son ventre, refermé comme un livre qu'on a terminé de lire. Il l'ouvrit, émerveillé, il constata que la rencontre avec les « douze » y était inscrite, et que toutes les lettres des défunts s'y trouvaient aussi.

« Le petit livre de Joshua » était achevé, sa mission était accomplie. Il ne lui restait plus qu'à le livrer.

12

La libération

Pendant ce temps, Mathilde profitait d'un week-end ensoleillé, sans projet précis. Elle se laissait porter par le temps et le bien-être de ses retrouvailles avec elle-même. Pour la première fois depuis tant d'années, elle pouvait commencer à faire des projets, à rêver et à ouvrir son cœur à l'amour.

La lettre de Louis l'avait suivie et guidée jusqu'ici. Mathilde n'avait jamais cherché à contacter cette âme-sœur après sa mort. Elle n'en ressentait pas le besoin. Une page était tournée dans le grand livre de son histoire. Elle s'apprêtait maintenant à écrire un nouveau chapitre.

Après le départ de Joshua, ce matin-là, Mathilde avait ressenti un besoin de faire un grand ménage dans sa petite maison. C'était le printemps, et le goût de faire respirer sa demeure la transportait sur un flot d'énergie incroyable.

La musique retentissait dans toutes les pièces et Mathilde chantait sa joie, son bonheur, sa libération.

Entre deux mélodies, elle entendit la sonnerie du téléphone.

« Oui, allô… »

Une voix faible murmurait au bout du fil :

« Bonjour Mathilde…, je m'excuse de vous déranger à la maison, mais je dois absolument vous parler.

– Qui est à l'appareil…, demanda-t-elle, inquiète.

– Je suis Dorothée Lambert.

– Qui ? Je ne vous replace pas…, qui êtes-vous ?

– Je m'excuse, je suis un peu confuse. Je suis la fille de Mme Jacqueline Lambert… »

Mathilde l'interrompit.

« Oui, oui…, Mme Lambert, qui me consulte ? Est-ce qu'elle va bien ? »

Les sanglots dans la voix, la jeune femme lui répondit :

« Pas vraiment, c'est pour ça que je vous appelle. Je suis à l'hôpital, ma mère a fait un ACV au cours de la nuit dernière. Elle sera opérée demain matin. Elle demande à vous voir. Elle est paralysée du côté gauche, mais apparemment qu'elle a de bonnes chances de s'en sortir. Elle tient vraiment à vous parler avant demain. Est-ce que ce serait possible pour vous de vous rendre à l'hôpital ? C'est à Notre-Dame, la chambre 3321, au troisième étage. »

La jeune femme semblait prendre pour acquis que Mathilde s'y rendrait, tellement elle lui avait défilé toute l'information d'un trait.

« Eh bien, je ne sais pas…, je suis… »

Mathilde ne trouvait pas de raison valable pour refuser, même si elle se sentait dérangée dans son espace de congé qu'elle s'était enfin offert.

« Pourrait-elle prendre le téléphone ? Je peux peut-être l'aider à partir de chez moi… »

Mathilde se sentait ingrate de ne pas sauter dans un taxi, pour accourir au chevet de sa cliente malade. Dire « non » faisait partie des plus grands tests d'affirmation que Mathilde pouvait confronter.. Elle n'entendait plus rien au bout de fil. Puis, les pleurs de la pauvre femme retentirent à son oreille sensible à la souffrance des autres.

« Mme Lambert, écoutez, je suis avec vous de tout cœur. Est-ce que vous pouvez me raconter ce qui se passe, je vous écoute ! »

Elle pleura de plus belle. Sans dire un mot, elle redonna le combiné à sa fille.

« Elle n'est pas capable de vous parler. Elle pleure tout le temps. Je ne sais pas quoi faire, Mme Mathilde, pouvez-vous venir, s'il vous plaît ? »

Mathilde céda.

« Bon, j'arrive. Donnez-moi une heure, et je serai là. En attendant, demandez-lui de bien respirer et de fermer les yeux en visualisant sa guérison. Demandez-lui d'essayer de se reposer et de ne pas s'inquiéter, d'accord ?

– D'accord, merci, merci beaucoup, on vous attend. »

Contrainte de laisser en plan sa besogne, Mathilde soupira…

« Seigneur, donne-moi la compassion dont j'ai besoin pour accepter ce contretemps… J'étais si bien dans mes petites affaires, ce matin ! »

Une heure plus tard, Mathilde appuyait sur le bouton n° 3, le regard fixe devant les portes closes de l'ascenseur. Il s'arrêta au 2ᵉ étage. Impatiente, elle s'adossa contre la paroi pour laisser entrer un infirmier poussant une civière, sur laquelle gisait un homme âgé, à moitié mort. Comme les portes allaient se refermer derrière l'infirmier, une voix retentit…

« Attendez, je monte avec vous… »

L'homme aux tempes blanches, au sourire avenant et aux yeux bleus brillants derrière ses lunettes sans monture, tenait, appuyé sur son avant bras, le dossier d'une patiente, qu'il parcourait entre deux étages.

Mathilde l'avait reconnu. Elle avait eu envie de lui dire bonjour, *mais*, se dit-elle, *il a vu tellement de gens depuis treize ans, il ne me reconnaîtra sûrement pas*. Il sortit, d'un pas pressé, de l'ascenseur. Mathilde laissa l'infirmier et son agonisant le suivre, et elle ferma la marche. Suivant les indications, elle se dirigea vers la chambre 3321. Devant la porte fermée, la jeune Dorothée attendait Mathilde.

« Ah ! merci mon Dieu ! dit-elle, vous êtes là.

– Comment va-t-elle ? demanda Mathilde.

– Elle est plus calme depuis qu'elle sait que vous viendriez. Le chirurgien qui va l'opérer vient d'entrer dans la chambre. On va attendre qu'il ressorte, si vous voulez bien. »

Sur ces mots, le docteur Simon ouvrit la porte pour demander Dorothée. En apercevant Mathilde, il figea.

« Bonjour, Madame, lui dit-il…, je vous connais, je crois ! »

– Je ne peux pas croire que vous vous souveniez de moi, reprit Mathilde, d'un ton surpris. »

Le médecin, compatissant et beau comme un Dieu, n'osait pas lui dire ce qui traversa spontanément son esprit. *Comment oublier un tel regard, une telle beauté ?* pensa-t-il. Mais le moment n'était vraiment pas choisi pour ce genre de réflexion.

« Travaillez-vous dans le domaine hospitalier ? essaya-t-il.

– Je suis psychothérapeute, mais ce n'est pas dans le cadre du travail que nous nous sommes rencontrés. Vous avez soigné mon meilleur ami, Louis Faucher, il y a plus de douze ans maintenant. Vous ne vous souven… »

Il l'interrompit :

« Bien sûr que je me souviens ! Le départ prématuré de cet homme est inscrit profondément dans ma mémoire, croyez-moi ! Je ne sais pas ce qu'il y avait en lui qui me rejoignait tant…, mais je vous jure que ce patient m'a laissé un message qui me suit encore aujourd'hui. J'aurais tant voulu faire quelque chose pour lui…, malheureusement… »

Mathilde le coupa à son tour :

« Vous ne pouviez rien faire pour Louis. Aujourd'hui, je sais que son heure était venue et qu'il était même préparé à faire ce grand saut dans la Lumière. »

Mathilde s'aperçut soudainement que Dorothée s'impatientait. Elle aurait eu envie de continuer cet échange avec le docteur Simon pendant des heures. Des étincelles brillaient dans les yeux du médecin, dans la belle cinquantaine. Mathilde se demandait s'il s'apercevait qu'elle rougissait…

« Oh ! excusez-moi, Dorothée, s'empressa-t-elle de dire en lui cédant la place. Le docteur n'est pas là pour moi, mais bien pour vous parler de votre maman… Je vous demande pardon. »

Puis elle se retira, ses yeux enregistrant discrètement l'inscription « Dr Philippe Simon, neurologue » sur son uniforme. Le médecin la salua d'un léger signe de tête et, d'un geste de la main, il invita la fille de sa patiente à entrer dans la chambre.

Mathilde arpentait le corridor de l'hôpital, la tête dans les nuages, le cœur battant la chamade, les jambes molles… *Mais qu'est-ce qui m'arrive ?* se dit-elle. *Non mais ! ça n'a aucun sens. Il est sûrement marié, il a des enfants… Non, non, et non. Je ne m'embarque pas dans ça, il faut que je me sauve ; je ne peux pas le croiser à nouveau, ça doit paraître ! Je dois avoir l'air d'une chatte en chaleur, c'est fou. Mon Dieu ! Louis, fais quelque chose…, aide-moi !*

Elle avait envie de rire et de pleurer à la fois, une sorte d'euphorie d'adolescente. Soudain, Mathilde réalisa qu'elle n'avait vécu un moment magique comme celui-là qu'une seule fois dans sa vie. Le jour où un grand homme était sorti de son bureau et lui avait dit : « Vous pouvez venir, Mademoiselle Simard. Bonjour, je suis Louis Faucher. Merci d'être venue à cette entrevue. »

En repensant à ce chapitre marquant de sa vie, et surtout à tout ce qui avait suivi cet épisode, Mathilde prit ses jambes à son cou et courut au poste des infirmières de l'étage.

« Excusez-moi, dit-elle. Pourriez-vous aviser Mme Lambert et sa fille que je devrai revenir sur la fin de l'après-midi. J'ai un rendez-vous imp… »

Derrière elle, du haut de son mètre quatre-vingts, le docteur Simon allongea le bras pour remettre le dossier de Mme Lambert à l'infirmière en poste.

« Pardonnez-moi, Mademoiselle... Malheureusement, je n'ai pas su votre nom ce jour-là.

– Mathilde... », fit-elle timidement.

Elle détestait rougir pour tout et pour rien. C'était hors de son contrôle, pourtant ça lui donnait un charme incroyable.

« Mathilde Simard », reprit-elle, en essayant de se contenir.

Une main appuyée doucement sur son épaule, de l'autre, il lui serra la main, se présentant à son tour :

« Philippe Simon. Je suis très heureux de vous revoir. Avez-vous un lien de parenté avec Mme Lambert ? lui demanda-t-il, espérant qu'elle reviendrait la visiter chaque jour.

– Non..., elle me consulte. Depuis le décès de son mari, elle éprouve une grande difficulté à retrouver l'estime d'elle-même et son autonomie affective. Elle vit énormément d'insécurités, alors nous travaillons ensemble à travers une thérapie de deuil.

– L'accident cardiovasculaire est souvent relié à une grande déchirure au cœur, et à la difficulté de laisser couler le flot de vie en nous. Voyez-vous, Mathilde, le corps est notre guide le plus précieux. La maladie n'est pas nécessairement une malédiction..., c'est le "mal" qui "a dit"...

– Je suis émerveillée d'entendre un docteur de médecine traditionnelle parler le langage du cœur et du corps. C'est rassurant..., vous êtes si rare ! »

Sur le pas de la porte de la chambre 3321, Dorothée, les bras croisés, attendait impatiemment Mathilde.

« Oh ! pardon, docteur Simon. Je dois rejoindre ma patiente à mon tour. Heureuse de vous avoir reconnu…, heu…, je veux dire, revu ! »

Mathilde avait la sensation indéniable que leurs âmes venaient de se « reconnaître ». Ce lapsus venait lui confirmer qu'il s'agissait bien de « retrouvailles ». Mais comment lui dire à quel point elle souhaitait le revoir, et comment savoir s'il était libre ? Tout se bousculait dans sa tête. *Vaut mieux ne rien dire dans ces moments-là*, se dit-elle. *Je risque de dire des bêtises.*

« Vous reviendrez voir Mme Lambert, j'espère ? Elle est ici pour quelques semaines tout au moins. »

Son regard, plongé dans les yeux effrayés de Mathilde, espérait une réponse affirmative.

« Oui, bien sûr. Au moins une fois ou deux. On se recroisera peut-être, si Dieu le veut… *Ah ! que c'est nul, ce que tu viens de dire là, Mathilde, tais-toi*, pensa-t-elle.

– Dieu le voudra, j'en suis sûr…, dit-il, d'un sourire assuré, soutenu d'un léger clin d'œil.

– À bientôt… », lança-t-elle, perdue dans ses pensées.

Ce soir-là, Mathilde ne ressentait nul besoin de se préparer un repas. L'âme à la rêverie, elle s'était emmaillotée devant son feu de foyer, savourant un bon verre de vin. Elle revivait le scénario imprévu de cette journée. Mille et une questions tourbillonnaient dans sa tête. *Qui est-il ? D'où vient-il ? Est-ce un piège, un mirage de bonheur ? Dois-je prendre les devants, ou laisser s'approcher ce qui doit advenir ?*

Elle se rappela le message de Louis : *un homme qui saura t'aimer comme tu le mérites*…, lui avait-il écrit avant de quitter ce monde. Que de peurs remontaient en elle, que de vertiges. Elle réalisa à quel point les blessures de sa vie pouvaient encore la rattraper et la mettre en garde contre l'amour. Elle qui, pourtant, ce matin-là, se croyait prête à ouvrir son cœur… Tout le cheminement dans lequel elle s'était si courageusement investie demandait maintenant à être intégré.

La neuvième symphonie de Beethoven transportait Mathilde dans ses pensées les plus profondes. Doucement, se glissa dans la pièce l'odeur particulière du parfum de Louis. Mathilde humait l'air sans cesse, pour s'assurer qu'elle ne rêvait pas.

« Es-tu là, Louis ? » demanda-t-elle à haute voix.

Plus rien. Seulement cette odeur qui persistait. Elle ferma les yeux, remplissant ses poumons de ce souvenir si apaisant du doux parfum de cet homme. Puis, la senteur se dissipa, tranquillement. Mathilde goûta ce moment de tout son être. Elle n'en demandait pas plus. Ce signe était clair pour elle. Elle savait que la fragrance de l'amour était suffisante pour répondre à ces mille et une questions.

La vie allait faire le reste, se dit-elle. Il n'y avait rien à forcer, rien à questionner. Mathilde comprenait pleinement que la vie est intelligente, et qu'elle devait avoir le courage de se relancer, d'expérimenter, au risque de souffrir peut-être encore. Elle comprenait enfin que l'amour requiert l'abandon total, et que, peu importe le résultat…, il faut avoir le courage de vivre, de risquer, de mourir au passé, si nous voulons vivre au présent. Sa pensée devenait de plus en plus claire. *Rien n'est garanti sur cette terre*, se dit-elle. *De jour en jour, d'expérience en expérience, la vie demande de se jeter dans le vide, d'aller de l'avant. Tout est une question d'élan, de passion et de confiance.*

Puis, elle pensa à Joshua. À son courage, à sa détermination et à toute la beauté de son âme. Cette âme, qui avait croisé sa route un matin de septembre, dans le pire désarroi. Cette âme d'enfant, venue lui enseigner l'amour inconditionnel.

❖ ❖ ❖

Deux jours plus tard, le petit roi rentrait à la maison, son visage, une fois de plus, transformé. Joshua vit aussi, dans les yeux de Mathilde, une lumière qu'il n'avait jamais vue auparavant.

« Eh bien, dites donc, belle dame…, y' a de l'amour dans l'air ? Que s'est-il passé durant mon absence ? » lui demanda-t-il, l'air taquin.

Comme une petite fille, les mains sur la bouche pour ne pas révéler son secret, Mathilde sautillait de joie.

« Je suis amoureuse, Joshua », lança-t-elle spontanément.

Joshua se contentait de sourire. Le bonheur qui l'envahit était le plus grand des bonheurs. Enfin, Mathilde recevait ! Enfin, Mathilde ouvrait son cœur à l'amour. Il lui ouvrit grand les bras et, d'un petit signe de la tête, l'invita à ce câlin. Il la berça un long moment. Mathilde, émue, remplissait son cœur de l'amour du petit roi.

Elle avait perçu dans ses yeux une transformation. Elle aurait voulu lui demander ce qui s'était passé, pour lui aussi, au sommet de cette montagne, mais quelque chose l'en empêchait. Elle se dit que cette guérison appartenait au domaine du « sacré », et qu'elle ne pouvait pas faire d'intrusion dans le cœur de Joshua.

« Et toi, mon ange, tu as fait un beau voyage ?

– J'ai fait un grand voyage, Mathilde... Un jour, je te raconterai. »

ÉPILOGUE

Elle descendait l'escalier. Joshua, assis près du foyer, la contemplait dans toute sa splendeur. C'était le jour de ses quarante ans et Mathilde était invitée en tête-à-tête pour venir célébrer son anniversaire. Elle prendrait l'apéro avec Joshua, et Philippe viendrait la chercher vers dix-neuf heures.

Le petit roi se leva pour mieux la voir tournoyer devant lui, comme une princesse à son premier bal. Elle portait une robe ivoire, bordé d'un petit col remonté à la nuque, s'ouvrant sur un décolleté plongeant, qui mettait en valeur ses seins fermes et arrondis. Un léger parfum semblait émaner des perles qui se balançaient au bout de ses lobes, son léger maquillage faisait étinceler son teint radieux. Mathilde resplendissait.

Un éclair traversa l'esprit de Joshua, comme souvent cela lui arrivait..., une séquence d'une vie antérieure se déroula. Délicatement, il déposa l'aiguille sur un disque 33 tours de Strauss, lui tendit la main et la fit valser, revivant chaque seconde de cette époque fantastique. Il s'adressa à sa princesse sur le ton du prince charmant qu'il avait été, l'enrobant de romantisme et de passion. Mathilde se laissa prendre à son jeu, flottant dans ses bras, les yeux remplis de lumière, le cœur léger comme une plume… Elle croyait rêver. Ils s'étaient donné rendez-vous dans cette vie-ci, en ce fameux jour du 15 septembre 1974, et ce soir-là, quatorze ans plus tard, ils couronnaient leur réunion d'âmes.

Rien de moins qu'un Dom Pérignon pour célébrer cet anniversaire, cette nouvelle vie qui commençait.

« À toi…, ma mère spirituelle, mon amie, ma complice, lui dit Joshua, les yeux baignés de larmes, un doux sourire sur les lèvres.

– À nous, mon ange, mon guide, ma joie ! »

Puis, Mathilde leva son verre plus haut, vers le ciel, et elle clama :

« À toi Laurie, à toi Louis, à toi maman, à toi Buddy, à toi papa, que je n'ai pas retrouvé à temps, je t'aime. Merci à vous tous qui avez tissé mon chemin de vie. Merci pour tout ce que vous m'avez donné et pour tout ce que vous ne m'avez pas donné… *Merci mon Dieu, merci la Vie !* »

Joshua partageait du fond de son cœur l'hommage céleste de sa « mère-veilleuse », tenant précieusement dans ses mains le cadeau bien emballé qu'il s'apprêtait à offrir à Mathilde. Assise sur le bout du canapé, celle qui fut jadis sa princesse déballait soigneusement le mystérieux présent. Elle n'avait aucune idée de ce que le petit roi lui réservait comme surprise. Lorsqu'elle souleva le couvercle de la boîte dorée et qu'elle déplia le papier de soie, son cœur se serra.

Un petit livre de cuir, avec l'inscription « Le petit livre de Joshua ».

Mathilde laissa le petit livre s'ouvrir de lui-même. Elle porta sa main droite sur son cœur pour lire…

À toi, mon enfant…

Du plus loin que tu te souviennes, puisses-tu te rappeler que Je ne t'ai jamais abandonné. Les détachements sont néces-saires à la libération de ton âme et il n'y a pas de séparation dans l'entendement divin, mon enfant.

Ne doute pas de l'Amour que tu portes en toi et puise à cette source, car là est ta force. L'intention du cœur attire vers toi l'abondance. Accueille-toi dans ton « humanité », accorde-toi un répit, tu y as droit…, Repose ton corps, ton âme et ton esprit, tu as si bien travaillé.

Loin du tumulte et des conflits intérieurs, fais la paix, fais une pause pour te reconnecter à ma Source. Je connais ta bonté et ton amour de la vie. Tu ne manqueras de rien, fais-Moi confiance.

Moi, ton Père, ton Créateur, Je veux te voir t'épanouir enco-re et encore, dans ta vraie nature. Tu n'as plus rien à faire, mon enfant…, tu n'as qu'à Me laisser agir pour toi. Laisse-Moi te bercer dans la chaleur de mon amour.

Je Suis la mer

Je Suis le soleil

Je Suis les arbres

Je Suis homme

Je Suis femme

Je Suis Amour inconditionnel *!*

Tu es enfant de lumière, un enfant important à mes yeux et je n'attends rien de toi! Je te bénis et te remplis de mes grâces.

Ton Père dans la Lumière.

TABLE DES MATIÈRES